風の寝屋

森島 令

Morishima rei

郁朋社

風の寝屋／目次

装画／森島　令
装丁／宮田麻希

風の寝屋

（一）

昭和三十一年、小学三年生の春。

その日、学校から戻ると、合田の小母は、薄暗い部屋に、私に背を向ける格好で庭を眺めながら座っていた。

春の日差しが、東向きの庭に柔らかく注いでいた。

客用の薄っぺらな座布団を、母の布団と並べて置いて、私が「ただいま」と大声で言ったにも関わらず、身動きもせずになおもゆったりと庭の方を眺めていた。

これが私と小母との初対面だった。

母の眼が私を捕えようとして左右に動くと、

「合田の小母さんにご挨拶なさいな」

いつもとは違い、澄ました口調になって言った。

教わった通りに挨拶をする。

小母はゆっくりと振り向いて、丸いつやつやとした愛嬌のある顔を私に向けた。広く張り出たおでこ、髪はひっつめに小さくまとめ、二重瞼に高い頬骨、眉間に細かな縦皺が見える。母よりだいぶ年上に見えた。

そう、というように軽く視線を送ってよこすと、また庭の方へ目を向けた。

午後の日が西に傾いていて、縁側の低い廂《ひさし》から滑り降り、その影がちょうど花壇の枠の縁石と重なっている。

自分からは何も話すことはなかったし、何かを訊かれたわけでもなかったので、これ以上は話の邪魔になると思い、ぶらぶらと茶の間へ戻っていった。

椅子に掛け、ランドセルを開けて、今日返してもらった漢字の答案用紙を机に広げる。〈鳥〉という字に大きなバッテンがついている。この少し前、私は答案用紙を持って教壇へ行き、先生に、何故これが間違いなのかと訊ねた。先生は、これは〈烏《からす》〉という字なのだと言う。言うには、眼を表す線が下あごと微妙に重なっているのだそうだ。

そもそも〈烏〉なんて字は知らない。間違いと言われたって腑に落ちない。

思い返すと、そう指摘する先生はどこかおかしさを堪えているようで、心なしかこのバッテンも何か愉快そうに躍動して見える。

「直子、直子」母が呼んだ。

「小母さんに台所をお見せして」

小母が立ちあがるのを待って台所へ行った。

台所は四畳半ほどの広さがあり、そこには流しも調理台も勝手口も全部一緒に収まっている。

小母は並んで立つと、意外にも、私より二十センチほどしか身長が高くなかった。私の背丈は、父のベルトの高さしかない。

台所は、壁も棚も皆、コールタールを塗ったように煤《すす》けて真っ黒だった。昔、煮炊きに竈《かまど》を使っていたせいで、(父は貸家だったこの家を、十年ほど前に買っていた) 住み始める前から既にこの状態だった。

南を向いた勝手口の上に、煙を吐き出す小窓がついているのだが、窓があれば煙も出ていくだろうと考えるのは早計で、そこを開けると煙は出ていくどころか、多くは室内に向かって流れ込んでくる始末だった。というわけで、隣り合った茶の間の天井も真っ黒だった。

熱源が都市ガスに切り替わったのはこの二、三年のこと。それまでは家でも竈を使って煮炊きをしていた。消し炭を火バサミで炭つぼに移し、就寝時になるとそれがちゃんと消えているかどうか、よく確かめに行かされたものだ。

食器の並んだ戸棚を開ける。ガス台の下の戸棚を開ける。最後は布（布は祖母の古着で私の靴袋と共布だった）で仕切った流しの下。ここが私の一番見せたくなかった所だったが、入れ場所に溢れた、バケツ、雑巾、禿げた琺瑯《ほうろう》の洗面器、塵取り等が雑然と詰め込まれていた。

その収まり具合に、小母はどんな感想を持ったのだろうと思ったが、別段何も言わなかった。

そのうち私は、私が流しの奥を腰をかがめて覗くと、小母も同じように覗き、棚の上の鍋類に手を伸ばそうとすると、同じ動作を繰り返し真似ているのに気が付いた。そしてそのたびに、愉快そうに目をくりくり動かしては私の方を眺めるのだった。

点検を終えると、にこりと笑って見せた。

笑うと眉間のしわがいっそう深くなる。それがつやつやと張り切った顔になんとなく似つかわしくなく映ったものだ。

小母は裕福な家庭に育ったのだと、母は言った。大正の時代にピアノがあるという大きな家で育ち、一人娘で、高等女学校時代には陸上部で正選手だったそうである。「お転婆さんだったかも」母は言って、クスリと笑った。

なるほど、何をするにも驚くほど敏捷《びんしょう》だった。

父が東京の学校を出、この地に就職し、下宿生活を始めた頃、近所に住んでいたのが合田の一家だった。その頃、小母は、小父と息子の秀雄さんとの三人暮らしで、父の不慣れな地での面倒をいろいろみてくれたのだそうだ。当時まだ小学生だった秀雄さんとは、相撲を取ったり、釣りに行ったり、勉強を見たり、と父は弟のように可愛がっていたらしい。

父が結婚をして、一家から離れて住むようになると、行き来は遠のいたが、人伝《ひとづて》に母の具合が良くないことを知ると、自分にできることなら、と、良くなるまでという条件で家の手伝いを買って出てくれたのだった。

「なあに、亭主を送り出すと何もすることはないからね」

合田の小父は営林局に勤務していた。

小父も小母も、

「金輪際《こんりんざい》、お金のことなど考えないでおくれね」そうも言ってくれたのだそうだ。

合田夫婦は、このたびの戦争で息子の秀雄さんを亡くしていた。

見た通りの小さな台所なので、説明らしい説明もいらない。

一通り見て回ると、

「ありがとね」

向こうも何の質問もないとみえ、くるりと向きを変えると母の所へ戻っていった。

それまで私は客が来るということで、何かとても大袈裟《おおげさ》に構えていたらしい。いざ小母への挨拶が終わってみると、肩透かしを食ったような空白感が残って落ち着かず、そのため、その気持ちを埋めようと、しばらくは隣室から聞こえてくる二人の会話に聞き耳を立てていた。

やがて、

「じゃあ、明日からね」という声と共に、立ち上がった気配がしたかと思うと、もう私の後ろを通り抜け、

「明日また来るから」

と玄関で言っている。慌てて追いかけていくと、

「じゃあ、ね」

片目を瞑《つぶ》ると出ていった。

（二）

母がこうして寝たり起きたりの生活をするようになってから五年が経つ。具合の良い時は、家事や庭仕事や少しの外出もできるが、いったん無理をすると炎症が起きて、それが治るまで、三か月は寝ていなければならなかった。

その原因ははっきりしていて、私が二歳半の時、母は添い寝をしようと、子供用の小さな布団に無理に入り込んだから。その時、思い切り身体を捩《ねじ》ってしまったと言うのだ。

「ゴキッとすごい音がしたの。部屋中に響いたわ」

何故たったそれだけのことで、無理をしたのかと訊くと、

「だって、直子はちょっと触れただけでも、すぐ全身をビクンと震わすのだもの。ぐっすり寝こんでいるのを起こしちゃ可哀想と思ったのよ」

そう話すたびに、その時を思い出してか、天井を——というより空《くう》を長い間見つめていた。

「じーん、ってしばらく痛んでいたけれど、疲れていたからそのまま寝ちゃったのね」

「で、あとから起き上がろうとしたら、まるで起き上がれなかったわ」

長い間、母がそうなったのは、私にもだいぶ責任があると思い込んでいた。

ところが、母が亡くなった時、叔母（母の妹）が話すには、その時、母は二番目の子を妊娠していたが、父が、次も女だろうから、もう子供はいらない、堕《おろ》すようにと言ったというのだ。

術後、体調の優れない身体を休めようと、私の布団に入ったから、ああなったのだと言う。

父もまた、家族である妻や子は、自分の附属物であると考える古い時代の人間だった。主婦としての役目を十分果せない母を、離縁されても仕方がない、文句は言えないのだと、母方の祖父は父に対し、そうした思いから、ずいぶん申し訳ながっていた。そしてそれを寛容に受け入れる父を、徳があり、立派な人物だと褒《ほ》めるのだった。

だが、気の強い祖母は、直接口には出さないものの、娘をこんな身体にしたのは父だ、という気持ちがあって、父に対しては今一つ打ち解けない態度だった。

父にしても堕ろせと言ったその一言が、その後の母の人生を、台無しにしてしまうことになるなどとは思いもしなかっただろう。そのせいで、父自身も東京本社への栄転の話などもふいにしてしまっていた。

もちろん母の比ではなかったが。

ともかく、父のその一言は、この後の我が家の運命を一つの方向に向かわせたと言っても過言ではなかった。

一度カラカラと回り始めた歯車は、もはや周囲の誰の手にも止めようがなく、行き着く所まで転がっていくほかなかったわけである。

人はこれを巡り合わせと言うのだろうか。

母の葬儀を終えた会食の席で、叔母が――これがまた、祖母以上に気の強い人間だったので、

「姉さんは義兄さんに殺されたんだ」と大声で喚《わめ》いて、周りにいた人たちをギョッとさせた。この時、祖母はすでに亡くなっていて、自分が、唯一その事実を知る生き証人だと思うと、ここが半生を寝たきりで過ごした、姉の無念を晴らす最後の機会だと思ったらしい。

結局皆は、何も聞かなかった、というようにうやむやにしてしまったのだが。

横になって両足を伸ばすと、母の足は片方が五センチ余りも短いのだった。

（三）

「やっぱり雨の日は駄目だわ」

日の当たらない薄暗い部屋で、母は起き上がると、障子に掴《つか》まって歩きだした。

途中立ち止まっては、廊下越しに、厚い雲の垂れこめた陰鬱《いんうつ》な空を見上げている。

三日もだらだらと降り続く長雨だった。それも小降りになるどころか、日を追うごとにいっそう強くなるようだった。鼠色の、重そうな雲が空全体をすっぽりと覆《おお》っている。

母は、身体を引きずるようにしてゆっくりトイレに向かう。ときどき辛そうに立ち止まっては、はあ、はあと荒い息をつく。

顔が浮腫《むく》んでいる。進む方へ精気のないどんよりとした視線を投げかけながら、

「眩暈《めまい》がするの」と言う。

「具合が悪いの？」

雨はトタン屋根を規則的に打ち、軒先から途切れなく、同じリズムを刻んで地面に落ち

続けている。

「ちょっと、ね」

目が薄く黄色く濁《にご》っている。

「ね、今飲んでいる薬、止《や》めたほうがいいんじゃない？」

新しい薬を飲み始めてからほぼ二週間が過ぎた。飲む前はこんなことはなかった。日が経つにつれ、次第に顔が浮腫みだし、かえって本物の病人になったように見える。

「だって、効くとも効かないともわからない内に……」

母もこの症状は薬の副作用だと思っている。そうではあるが、肝心の効用の方もこれから現れると信じたいのだ。近所の人に勧められて飲みだした薬だった。よく効くだけに多少の副作用があると言われた。

薬がとても高価だったため、はじめ母は断ったのだが、それを聞いた祖父が、兄弟たちには内緒にするようにと言って、買ってくれた物だった。（鮮やかな黄色い錠剤だった）

このまま続けても、良い結果が出そうに思えなかった私は、父に、母が内緒で新しい薬を飲みだしたと密告する。このところ、母の具合が悪そうなのはそのせいじゃないのかと。

当然のこと、母は父にきつく叱られる。

「素人療法などするものではない。もう止めろ」

何をやっても良くならない辛さを誰が知る、なのだ。

指圧、病院、鍼、灸、いろいろ試してみた。これだってわずかな望みがあるのなら試してみよう、母にすれば、自分の気持ちにけりをつけるための最後の選択だったのかもしれない。

これで薬は諦《あきら》めただろうと思っていると、それでも間隔をあけながらこっそりと飲んでいる。娘が必ずしも自分の味方になるわけではないと思ったせいで、瓶は布団の間に隠すようになった。それでも中身が少しずつ減るので、言うと、うーんとか、大丈夫よとか言ってごまかすのだった。

思うに、薬自体が効く効かないことよりも、祖父が、少ない恩給からやりくりして買ってくれた高い薬を、無駄にしては申し訳ないと思っているのだ。

とうとう瓶を振ると、錠剤が底でカラカラと音を立てるほどになって、ようやく飲むのを止めた。このくらいなら、捨てても祖父に申し訳が立つと思ったのだろうか。本末転倒だ。ややこしい。

薬を止めると、とたんに眩暈も止まって、浮腫みも目の黄色い濁りもすっかり消えた。元の身体に戻った。

それ以来、母は何かを試して、それ以上に良くなろうとしなくなった。

無理をして炎症が起き、具合が悪くなると、布団の上に大きく布を広げて、一日中縫い物をしていた。時々、天井を見上げては、大きな溜息をついて。

(四)

小母が来ると決まると、母は急に、私ににわか仕込みの礼儀作法を教えだした。側をうろついていると、ああしろ、こうしろと目をサーチライトのように光らせている。

今まで半ば放任され気ままだった私の日常は、急に窮屈《きゅうくつ》なものに変わって、小母が来てくれることにまるで気が乗らなかった。大人たちが決めたことじゃんと、巻き込まれるのが億劫《おっくう》でさえあった。

小母が来るとなると、当然心の中に受け入れるスペースが必要だし、その分、自分の自由な居場所がせばめられると考えて、何ともいえない押しやられた気分になった。

母は、私を枕元に座らせると、こうも話す。

「小母さんには、秀雄さんという息子さんがいらしてね。学業の成績も優秀で、小父さんも小母さんも将来をとても楽しみにされていたの。それがこの戦争で、学徒出陣とかで満州へ送り出されて、亡くなられたのね。ご性格も素直で、お父さんもずいぶんかわいがっていたらしいわ。せっかく北大にまで入られて」

と、しばらくは遠くに視線を向けていた。

「あの戦争はいったい何だったのかしらね。終わってみれば何だったのか、考えると、なにか虚《むな》しい気持ちになるわ」

「小父さんも小母さんも、とてもお辛かったと思うわ」

と、大真面目な顔になると、

「だから、直子は、小母さんの前で、秀雄さんの話は絶対しないでね」と言った。


小学校は八幡宮の側にあった。

通称亀田の森と呼ばれる八幡様の、広い境内を左手に見ながら進んでいくと、右手に見えてくるのが通う小学校だった。

朝八時に家を出、電車線路を渡り、雑貨屋の角を曲がっていくと、途中、左手に製粉所が見えてくる。

道路沿いに、狭い門を構えた平屋建てのその工場は、だだっ広い敷地の、奥まった所に平べったく建っていた。

その細長い工場に行くには、アスファルトで固めた緩《ゆる》い傾斜の長い坂を下りていかなくてはならない。表の通りから、半《なか》ば埋もれたように見える工場は、爆撃を避けるためか全体が黒色に塗られ、どうしたわけでか窓という窓にはすべて金網が張られていた。

めったに出会うことはなかったが、登校時、立ち込めた朝霧の中に、門に寄せて、幌付きの軍用トラックが停まっていることがあった。

そんな時、私は大急ぎでトラックの側まで駆けていき、カーキ色の作業服姿の従業員たちが、路上に下ろされた小麦の袋を、次々と担《かつ》ぎあげては工場に運んでいく様子を眺めるのだった。

彼らは黙々と荷を運んでいく。途中坂はうねるようで、列は突然かき消されるように見えなくなる。入れ替わりに今度は向こうから荷を取りに来る列が現れる。

稼働する工場の建物からは、ガウンガウンと揺さぶるような大きなモーター音が、一日中、地鳴りのように響いていた。

門の脇に隣接してパンの売店があった。食パンの形を模した小さな店で、週に数回、不定期にパンが焼かれ、店先に並べられた。昼の下校時、空腹のまま通りかかると、焼きたての甘いパンの香りがそこら中に漂っていた。

学校を終えると、私は急いで家へ帰る。一日の用事を終えた小母が、私が戻る前に帰ってしまうとも限らないからだ。

走ると、ランドセルがバタバタと背中を打つ。

「ただいまぁ」

玄関に小母の桐下駄があるのを見てやれやれと思う。

玄関まで煮魚の匂いがしている。

「ハーイ、お帰り、バトンタッチね」

菜箸を手に、割烹着《かっぽうぎ》姿の小母が出てくる。

私が鼻をうごめかしているのを見ると、

「今日は油子《あぶらこ》を売りに来たからね」

家には魚売りがやってくる。リヤカーを引いて、八百屋もやってくる。市場は少し離れていたが、これで必要な食料は大方間に合うのだった。

と、

「ちゃっ、ちゃっ、ちゃー」

言いながら、走るように台所に戻っていった。

「焦《こ》げるんだよ」

鍋の蓋を開け、菜箸で魚を返す。身の縁から焦茶色のあぶくがぶくぶく煮立っている。

「生姜があったらなおいいんだけれど」

今日は生憎《あいにく》、八百屋が来なかったのだと言った。

「これでおしまい。と、あとは、任せたからね」

ガスを止め、割烹着を手早く丸めて風呂敷に包むと、母に一声掛けて帰っていった。あとは任せたと言ってから、所要時間たったの四分。

「小父さんの分もここで作っていくといいのにねえ」

母に言ったことがある。

「お母さんもそう勧《すす》めたんだけれど、お金のことで面倒になるからこれでいいって言うの」

小父さんの食事も別に作ることを入れると、一日五回分の用意が必要だ。これを、土日を除いて毎日してくれる。それを小母は掃除と合わせて、くるくる動き回って少しも苦にしていない様子だった。

私が学校から早く帰る日は、三人で食事をとった。

茶の間に丸い円卓をがたがた転がしてきて、私は小母と向かい合わせに座るのだ。私のいない時は、小母は小さな津軽塗りの卓袱台《ちゃぶだい》を母のところに運んで、二人で食事をとっていた。

今日は炒飯を作ろうと言って、先のしなびた人参を持ってきた。

「炒飯って食べたことある？」と訊くので、

「ない」と言うと、

フン、と小鼻をうごめかした。

「卵と人参と長葱と生姜さえあれば簡単なもんだよ」

よほど生姜が好きだと見え、なんにでも入れたがる。

「ラーメンは？」

「ない」

そうだろ、そうだろ、何もしらないねぇ、という顔でフンフンと頷《うなず》いている。

「あの黄色い麺のこと？」

「そうだよ。本格的とはいかないけれど、意外に簡単にできるんだよ」

「それにも生姜が入るの？」念のために聞いておく。

「もちろん、もちろん。今度作ってあげるよ」

フライパンに油をしいた。傾けて油膜を広げる。

「卵、卵、ハイ、二個持ってきて」

私は急いで卵を持ってくる。小母はフライパンの上で手際よく卵を割って見せる。

「あ、血。血のついたのだ」

覗いていた私は声を上げる。黄身についている血斑を取り除きたく思ったが、小母はかまわずへらを黄身にブスリと突き立て、一瞬のうちに潰してしまった。

「生で食べなきゃなんともないさ」

「ニンジン、ニンジン、ネギ、ネギ」

あらかじめ刻《きざ》んでおいた野菜を持ってくるように言う。

「これで胡麻油があったらねぇ」

「胡椒があったらねぇ」

もっと上手に仕上げることができると言いたいのだ。

家の調味料はないものだらけである。

「小母ちゃんはお料理が上手だねぇ」

「そりゃあさ、年季が入っているからね、そうもなるよ」

とまんざらでもない顔で言っている。

いいや、年季ばかりではないと私は思う。母などは言っちゃ悪いが、いまだに料理が下手だ。味付けが大雑把《おおざっぱ》なのだ。

ラーメンの話が出たので思い出した。

「前にね、お母さん、うどんを作ってくれたんだよ。配給の小麦粉を水で練って作るの。こうして手で回す器械に入れて押し出すと、うどんがぐにゃぐにゃって出てくるの」

古い道具類の中にあって、ピカ一輝いていた品物だった。

「お母さん、お母さん、あの器械はどうしたの？　もう捨てちゃった？」

私は母の方を振り向いて大声で訊《たず》ねる。

傍らで小母はせっせと木べらを使い、ご飯に油を馴染《なじ》ませている。

「え？　なあに？」遠くからの母の声で、私は急いで母の所へ行く。

母は縫い物の最中だ。

「昔、家でうどん作ったでしょ。あの器械、もう捨てちゃった？」

私の脳裏に、まだ新しいまま銀色にぴかぴかと光る器械が浮かんでくる。

「さあ、どうしたかしら、どこへ行ったかしら」

と、まるで興味がなさそうだ。

小母が呼ぶので急いで台所に戻る。

小母は、最後に醤油を回し入れると、それぞれの三つの皿に盛り付ける。その手早いことといったら。


その日も、小母と私は昼食をとるため卓袱台に向かい合わせに座っていた。

いただきます、と言う私に、小母はちょっと待ってと言いだした。

「どうしたの？」

「いいかい、私たちがこうしていつも三度三度食事ができるというのは、とてもありがたいことなんだよ。世界ではそうしたくてもできない人が大勢いるんだから」

知っている、社会科の授業で習ったもの。

「だから私たちは、この恵まれた暮らしに感謝の気持ちを持たなくちゃいけないんだよ。その日その日の食べ物があるってことは、本当にありがたいことなのさ。幸せなことなんだよ。衣食足りて礼節を知るってね、国の繁栄もここから始まるってことなんだよ」

母からは、戦後、食料がなく、それを得るのに皆、大変な苦労をしたという話を何度も聞かされていた。

「でね、小母ちゃんさ、ある東南アジアの王国でね、食事の前に必ずするという、感謝のお祈りを教えてもらうことができたんだよ。これは、王様をはじめ、位の高い僧も侍従も皆一緒になって祈るんだって。それをこれから唱《とな》えるからさ、直ちゃんも感謝の気持ちを込めて一緒に祈らなきゃいけないよ」

「でさ、そこにはちょっとした約束事があってね、お祈りが唱えられている間は、目を開けちゃならない、真剣に……ということだね、そしてそれを疑うのはもってのほか、守らないと天罰が下ると言うんだよ」

と小鼻を開いて説くように言った。

「ふうん、どんな天罰なの？」

「天罰といったら天罰だよ」

と言ったが、これでは少々よろしくないと思ったのか、

「人によりけりだよ。けれど、ともかくその人にとっては、とても良くないことが起きるんだそうだよ」

「ふうん」

「村を大洪水が襲うとか、火山が爆発するとか、大地震が起きるとか、身内の死とか、そりゃあ、世の中、良くないことは数えきれないほどたくさんあるからねえ」

と深く感じ入ったように言う。

「おもに自然災害なのね」

言うと挫《くじ》かれたのか、ちょっと言葉に詰まったように一瞥《いちべつ》してみせた。

「はあい、はあい、それでは両手を合わせて。目を瞑って。いいかい、始めまーす」

と言い、いきなり知らない外国語で経《きょう》を唱え出した。本人はいたって大真面目だ。その上、とてもそれらしく聞こえる。とても上手なのだ。神妙な気持ちになって黙って聞く。

ただその経とやらがやたらと長いのだ。いつまで経っても終わらない。

『長いや』

そのうち足が痺《しび》れてくる。気付かれないように右に左にそろそろと体重を移動させる。いつまで続くのかと思っていると、顔の辺りにふわりと風が来て、チーンと箸で茶碗を叩く音がした。続いて皿を叩く音。そしてこの響きのない音は。『円卓の角を叩いたの？』いつまで続くのか。でもなんだか変だ。感謝の祈りと言う割には何か不謹慎《ふきんしん》だ。いったいどんな顔でいるのだろう。——どうせ向こうも目を閉じたままだ。少しぐらい目を開けてもわかるはずがないだろう。

天罰のことはちょっと脇に置いておいて、そろそろと薄目を開けてみる。まずは片方だけ。

と、小母はもうだいぶ前からという様子で、片目を開けたまま、じっとこちらを眺めている。私が目を開けたと気付くと、開いていた方の眼を、くるりくるりと回して見せた。

「これこれ、いま目を開けては天罰が下ります」

抑揚《よくよう》のない声で言った。

「わあ、ひっかかっちゃた」

私は大声で笑い出し、そのまま畳にひっくり返って笑い続ける。

「早く止めてくれなきゃ」小母は言う。

「いつ気が付いてくれるかってね。ほら、小母ちゃん、お腹すいてるからさ、ほんと」

私はなおも笑い続ける。ぜいぜいと苦しい息の下から、

「だって、天罰が下るって言うんだもの」

「やれやれ。経の文句はとっくに種切れになるし……」仕掛けは上手くいったのに、と人を食った涼しい顔でいる。

私は起き上がりかけては、またひっくり返って笑い転げる。どうにも笑いが止まらない。その様子を、初め、小母は面白そうに見ていたが、いつかそれが伝染したようで、二、三度グフッ、グフッとしゃっくりのような声を上げると、いっしょに腹を抱えて笑い出した。「苦しいや」私は喘《あえ》ぎ喘ぎ言う。

「いやあ、いつ目を開けてくれるかって。だって、小母ちゃん、待ちくたびれたもの」

「それなら、それなら」おかしくて次の言葉が出てこない。

「そんなこと、言いださなきゃ良かったのに……」

アハハハ、と小母は相好《そうごう》を崩す。

「でも、何だか疲れちまったねえ」

今となっては、アジアの王様も、着飾った高僧も豪奢な宮殿も幻のように消え失せて、

二人は目の前に置かれたホッケの開きをせっせと突つき出す。

ブブブ、襖越しに、母の無理に押し殺した声が聞こえてきた。

ハッとした。

母は、隣の部屋で、私たちの話を全部聞いていたのだ。襖の向こうで、何度かつられて笑いだしそうになるのを無理に堪《こら》えていたのが、ここでつい口から滑り出てしまったという様子だった。ごまかすように、二度咳払いが聞こえてきた。

この時まで、私は母も一緒に食事をしていることをすっかり忘れていた。

何故一緒に話の中に入れてあげなかったのか。

(母は食事のたび、部屋に小水の臭いがしては申し訳ないと襖を閉めさせるのだ)

楽しい時は一緒に笑う――それが家族というものじゃないか、それでなくとも母は楽しいことが少ないのだ。そう思うと、母に悪いことをしたという気持ちになって、先程笑い転げたことなどおかしくも何ともなくなってしまった。

しんと寂しい気持ちになった。

母は優しい性格だが、いつも縫い物をしていたり、小さな物語を考えていたりと、私に構うことは少ない。私からはそう見えたが、母の中ではこれで普通の母と子のつもりなのだろう。愛情が足りないのではなく、愛情そのものが淡泊なのだ。料理の味付け同様に。側にいると、暑苦しいから向こうに行っているようにと言われる。近所の子にも私にも公平で平等だった。欲がないのかもしれない。

小母は違う。やたら私を構いたがる。

机に向かっていると、後ろから抜き足差し足で近づいてきて、背中や脇の下をくすぐっていく。

立っていると、背後からボンと張り切った固太《かたぶと》りの身体をぶつけてくる。

不意をくらい、思わずつんのめると、

「やあい、やあい、ひっかかった、ひっかかった」

両手を腰にあてがい、反り返って得意そうに笑って見せる。いつだってぼんやりとしてはいられない。

「フンとに、もう」

何度かされる内、このまま手をこまねいていてはいけない、やられっぱなしになる、これはもう宣戦布告《せんせんふこく》されていることにほかならない、そう考えた私は、ある時から反撃に出ることにした。

自分からやりだしたことなのに、どうしたことか私以上にきれいにかかるのだった。

「ボン！」「わっ！」

小母は大げさに思うほど、大きくつんのめると、両手を大きく振り回して私の前を通り過ぎていく。

小母を真似て、腰に手をあて、反り返ると、

「ハッハッハ」

「わーっ、もう、こら、こらっ」

拳《こぶし》を振り上げて追いかけてきた。はじめに二人の距離が開いてしまうのは、彼女が着物の裾を帯の間に差し込まなければならないから。

白の腰巻を見せ、太ももを高く上げ、身体を上下に動かす独特の走り方で追いかけてくる。

私は部屋中を逃げ回る。母の寝ている側を、縁側を、キャッキャッと笑いながら走り回る。最後は、小母の脇をくぐって玄関から表に飛びだす。外聞が悪いので、これ以上追っては来られないと知ってのことだ。

回を重ねるごとに、私の技にも磨《みが》きがかかる。来るな、と思うと、相手の体当たりを一

瞬先に躱《かわ》す。(子供だから身が軽い)

ぶつかる対象を失った小母は「おっ、とっ、と、と」と立ち止まるのがやっとという有り様で、転びそうになりながら脇を泳ぐようにすり抜けていく。私はにんまり笑ってそれを見送る。

「わーっ、もう、こらこら」「待て、待て」「こらこら」

そうして二人でまた部屋中を走り回るのだった。

ある日もそうして追いかけっこになった。いつものつもりで逃げるなか、ひょいと後ろを振り返ると、小母はいつの間にか、台所にあった長い座敷箒《ざしきぼうき》を手にしている。

いい加減、これでひと思いにはたき潰してやろうというつもりらしい。そんな時、彼女は手加減などなく本気でやる。

『蝿《はえ》じゃあるまいし』真面目に慌てた。

真剣に逃げ回った。向こうもいつもとは違って、今日は本気だぞ、そんな顔で追いかけてくる。あちこち走り、ついに逃げ場がなくなった。そのままじりじりと縁側へと追いつめられていく。

もはやこれまで、と思いきや、運よく沓脱《くつぬ》ぎ石の上に父の下駄が置いてあった。これ幸いと、足の指に引っ掛け、転びそうになりながら庭に飛びだした。懸命に重い下駄を引き摺《ず》りながら鶏小屋まで行き、下駄を脱ぎ捨て、一メートル半ほどの小屋の屋根へと這い上がった。

屋根の上には葡萄《ぶどう》の葉が青々と茂っている。いつの間にこんなに葉を広げていたのかと、びっくりするほどに。蔓《つる》の間に足を滑り込ませ歩き出すと、屋根がみしみしと音を立てた。

足下で四羽の鶏が、コ、コ、コ、コと警戒の鳴き声をあげながら狭い小屋の中を右往左往している。

家の方はと見ると、縁先の陽だまりの中に、小母が立っている。顔半分が日陰の中にあり、割烹着が日を受けて真っ白に光るようだ。箒を逆さに立てたまま、勘弁しないぞとこちらを睨《にら》んで、二度、三度と床を突いてみせる。

私はのけぞって笑う。

小母はニヤリと笑うと、そこでそのままじっとしているようにと合図を送ってよこす。

それからトイレの方へ姿を消した。

私は葡萄の蔓を押しやり、拡げた隙間に腰を下ろした。鶏たちは相変わらず見えない敵に警戒しながら逃げ惑っている。

小母が出てくる。いつの間に用意したのか、たすきをかけ、頭には鉢巻までしている。箒を薙刀《なぎなた》のように抱えて、役者のような足取りで、物置の方へ向かっていった。どうやら花道を歩いている気分でいるらしい。突き当たりで向きを変えると、けんけんをしながら中央まで戻ってくる。立ちどまって片足を大きく跳ねあげると、ドンと足踏みをし、大袈《おお》裟《げ》に箒をくるくると回した。大きく首を捻り、寄り目を作ると、

「アーラ、口惜シヤ」大声で言いながら、見得《みえ》を切って見せた。

「板叩きます《イタタタ》」「蟻が十《とう》。ミミズが二十」、正座をして襖を開けると、「明けましておめでとうございます」、これらのダジャレは皆、小母が教えたことだ。

「小母ちゃんって、面白いねえ」何かの折に、母に言った。

母は編み物の手を止めずに、

「直のお行儀の悪いこと」と言っただけ。小母については、「エネルギーが有り余っているんだわ」そんなふうに言った。

少し後になって、

「あまり良いこと教えないわ」会社から戻った父にそう言っているのが聞こえた。

部屋の中は薄暗い。庭ではまだ溢れるように日が射しているのに、明るさを失った部屋の中は、じわりと湿気が集まってくるようだ。

その日は土曜なので小母は来ない。私は先程から庭を向いたまま、足を投げ出す格好で母の話を聞いている。母はシーツに継ぎを当てていた。

「大学二年の時、第九師団に入隊されて、満州に行かれたの。あの頃の学生さんは皆そうしてお国のためめって戦争に行かれたの。秀雄さんはそこで出陣の号令をかけるお仕事だったそうなの。サーベルを掲げて、撃てって合図をするのね。ほら、それって敵の方からも目立つわよね。攻撃目標になるわ。それで集中攻撃だったらしいの」

「お可哀想にね。秀雄さん、何のために勉学に励まれて、満州まで行かれて亡くなられたのかしらね」

私は脛《すね》の表皮が外の光を受けて、ピカピカと光るのを、角度を変えては目を凝らし、じっと見ている。父とそっくりの脛だ。そういえば手の指も爪の形もそっくりだった。

「どうしてそれがわかったの？」

「後から秀雄さんの戦友だったという方が、お家を訪ねていらしたの。小母ちゃん、ちょうどその時、留守をしておいでで、小父さんが一人で秀雄さんの最期を聞かれたそうなのだけれど、家内が留守で本当に良かった、とても聞かせられる話じゃないって、大泣きされておられたそうよ」

そう言って言葉を切ると黙ってしまった。

ややあって、おもむろに針を手にすると、まだいくらも進めないうちに深い溜息をついた。

だるくなった腕をまっすぐ伸ばし、しばらく黙って何かを思うようだった。

ずいぶん長い間そうしていてから、

「だから、ね」と顔を向けると、

「小母ちゃん、ああして明るい顔をしておいでだけど、お辛いこともたくさんあるのよ。そこをちゃんと考えてね。それと、今の秀雄さんの話、誰にもしちゃ駄目よ」

休日ともなると、駅やデパートの入口には、兵隊帽を被った白い装束《しょうぞく》の傷病兵が並んで、アコーディオンやハーモニカなどで軍歌などを演奏していた。

父方の叔父たちも、母方の叔父たちも戦争へ行ったが、皆無事に帰還していた。

話したいことがまだあるのか母は、なおもじっと天井を見ていたが、やがて考え直したように、腕を上げると縫い物の続きを始めた。

庭ではライラックの薄紫の花が満開に咲き誇っている。

(五)

三か月もすると、母の具合は小康状態になった。起きてそこそこ家事ができるほどになった。

母と私は、小母のいなかった四か月前の暮らしに戻っていた。

それから半月ほどした盛夏のある日の昼下がり、私は母に連れられて、合田の家に礼を言いに出かけることになった。

二人は夏の一張羅《いっちょうら》を着ていた。母は色の褪《あ》せた水色のパラソルを差し、白いビニールのハンドバッグを下げ、大きな菓子折りを抱えていた。私はといえば、小さな花飾りのついた(父が勧める一番安いのを蹴って、粘り勝ちで買ってもらった)麦藁帽子に、母が編んだ赤いビニール紐の手提げを下げていた。母は、白地に黒い線の、私は白地に小花をちりばめた、サッカー地のワンピースを着ていた。

電車に乗り、六町先の停留所で降りた。

線路を渡り、奥に細長く続く道を歩いた。

高い塀を巡らした大邸宅が並んでいる。それも路線から離れるに従い、普通の一般的な家へと変わっていった。

何故こんな日にしたのかと思うほど、暑い日だった。服の下をだらだらと汗が流れていく。

頭の上で、蝉《せみ》が鳴きしきる。鳴き声は日差しと共にジンジンと皮膚に沁み込んでくるようだった。

昼下がり、暑過ぎてなのか、通る人影はなかった。

私は母の後ろで、パラソルで作られた影からなるべくはみ出さないように注意しながら歩いていた。あまりに暑かったので。

「お母さん、ちゃんと歩けてる？」

突然、母が振り向くと言った。

足を引きずっているのは一目瞭然《いちもくりようぜん》だが、それでもなんと答えたら良いのだろう。

「うーん。まあね」

「大丈夫よ、本当のことを言いなさい」

こちらを向いた母の顔が、日傘に遮《さえぎ》られ薄暗い。傘に茶色いシミが二つ、暈《かさ》を見るように付いている。

「うーん、少しだけ」

「そう、それなら、これはどう？」

生垣《いけがき》に近づくと短い方の足を爪先だけついて歩きだした。

いくらも変わらない。それにその歩き方ではたいした長く歩けるものではない。

「うーん、前よりはいいみたい」それでも言った。

「そおお」母は機嫌良く言って、なおも歩こうとする。おそらく、人目につく所では、こうして歩こうと考えているのだろう。

脇道のない長い道だった。以前は、来歴《らいれき》のある古道だったらしく、道に沿って松の並木が続き、それが長い年月の間に、この細い道には余る大木になっている。

蝉はその高い樹上から暑苦しく鳴きしきる。

汗だくになりながら、やっと脇道へと出てきた。そこは雑木林の丘を切り崩した造成地で、切り崩してまだ日が浅い赤土の平地の上に、同じようなモルタル塗りの家々が三十棟ほども並んでいた。

「ここが小母ちゃんの住んでおられる官舎よ」

どの家も同じ方角を向き、同じ広さの庭が付いている。

その家の、どの窓からか、いまにも小母が顔を覗かせて、声をかけてきやしないだろうかと考えると、なんだか胸がどきどきした。急に訪ねていって、小母は喜んでくれるだろうか。案外、私のことは忘れてしまっているかもしれない、などと考えたりした。本気でそう思うのではない。期待し過ぎないように、あらかじめ自分に暗示をかけておくのだ。

「ちょっと待ってて」

母は日傘をたたむと、菓子折りを私の方に押しつけてよこした。それからハンドバックの口を開ける。

「あら？」と言った。中を覗きこむと、もう一度、

「あら？」と言った。

『何？　どうしたの？』

おそらく、何かしくじったのだ。そうは思ったが、ここに来るまで歩き詰めで、くたびれ果てていたので、それが何かと訊きたくなかった。なので、黙っている。

「お父さんに描いてもらった地図、忘れてきちゃったみたい」

大汗を流し、やっとここまで来たのに。これからいったいどうするつもりだというのだ。

私は思いっきり口をへの字に曲げて、恨めしげに母を見上げた。

「大丈夫、大丈夫。一軒ずつ、表札を見ていったらわかることだわ」

と、やはり暑さにうだった顔でこちらを見た。

「ここに居て。見つけたら呼ぶわ」

パラソルを腕にかけ、意外に軽やかな足取りで家の方へ向かっていった。

一軒ずつ家の前に立ちどまっては、首を伸ばし、近眼の眼で覗きこんでは遠ざかっていく。七、八軒も先の角で振り向くと、大きく手を振って姿を消した。

長いこと待つが、母は現れない。呼ぶ声さえしない。

いつの間にか風が出てきた。造成を免れた側の雑木林の梢を揺らして風が吹いた。

振り向けば、背後には、空高く、真っ白な雲が隆々と浮かんでいる。

菓子折りが重くなってきた。次第に腕が痺《しび》れてくる。

と、やっと母の声が聞こえた。見ると、正面の家々の建ち並ぶ、一番奥の角で手招きをしている。

あんな所まで行ったんだ——大急ぎで母の方へ走り出す。菓子箱の中で菓子がごとごとと音を立てた。

「わかったわよ」

満面の笑みを浮かべ、母は言った。

間近に立つと、仄《ほの》かな体臭と甘酸っぱい汗の臭いがしてきた。

「小母ちゃんの家とは別に、お義兄さんの家もあって、合田さんが二軒でしょ、それで迷ったのよ」

明るい声で言った。


玄関脇の窓の下に、桃色のコスモスが数輪風に揺れている。

「やあ、やあ、やあ」

驚いたというように出てきたのは、合田の小父だった。

彼もまた、小母より少し上背のあるくらいの小柄な人だった。

「あいにく家内は、町会の婦人会に出ておりまして」

と申し訳なさそうに言う。

「まあまあ、まずは上がって。そのうち帰るでしょう。よくまあ、こんな遠い所までわざわざ」

と母の足を気遣って言った。

母は、世話になったことへの礼を言い、ここで失礼するつもりだと言った。

「せっかくのお休みのところを、突然お伺《うかが》いしまして……」

「まあまあ、そう言わずに。この暑い中、よくいらした……」

家内もじき戻るだろうから、それまで上がって待つようにと、しきりに勧めた。

「それじゃあ、ほんの少しだけ。すぐにお暇《いとま》しますから」

根負けする形で母は言った。

私たちは玄関脇の部屋に通された。書斎を兼ねた広い応接間だった。

中は高い白い天井と、細長い両開きの洋風の窓が一つ付いていた。窓には白い木綿のカーテンが掛かり、窓の下には書類の積まれた机が置かれていた。

部屋の中央に、彫刻を施した丸テーブルと高い背のついた四脚の椅子が置かれ、壁には柱時計が掛かり、一時四十分を指していた。

小父は、ここに掛けるようにと私に椅子を勧め、

「直ちゃんだね」

小さく頷くと、

「小母ちゃんからいつも話を聞いているよ」と言った。

『え？』と思った。混乱した。私のことで、小母は小父に何を話すことがあるというのだろう。

「喉が渇《かわ》いただろう。お茶を入れるね」言うと、細長の顔をほころばせ、部屋から出ていった。

「どうぞおかまいなく。すぐにお暇しますから」

追いかけるように言った、母の声だけが部屋に置き去りになった。

遠くでかちゃかちゃと食器のぶつかりあう音がしている。

母は手持無沙汰《てもちぶさた》になると、急に私の方をじろじろ眺め出した。身だしなみに何か注意することはないかと探しているのだ。

長い時間待った。室内は静かで、時計の秒針の進む音だけが聞こえる。少ししてゼンマイがギシギシと軋《きし》んで、次に弾かれたようにボウンボウンと二つ音を立てた。

汗が乾いたせいか背中が痒い。椅子の背に擦《こす》りつけでもしたら、母はきっと目を剥《む》くことだろう。

部屋は隅々まで磨きあげられて、栗の皮のように艶《つや》やかだ。小母のことだ。毎日せっせと掃除して回るのだろう。

小父が額に汗を浮かべ、ふうふう言いながら入ってきた。

二人の前に湯飲み茶碗を一つ、もう一つというように置いた。

「お手間をかけてすいません」母は恐縮して言った。

「本当にすぐお暇しますので。どうぞ、お構いなく」

これは本心からですというように、語調を強めて言う。

「家内がいれば菓子のある所もわかるんですが……なにぶんにも」

小父は言い、椅子に掛けた。

母は姿勢を正すと、このたびは、とあらためて礼を言いだした。

「いやいや」小父はそればかり繰り返している。

母が菓子折りを渡した。

先程走ったせいで、箱の中で、菓子がひっくり返ったりしていないかと急に不安になった。

小父が優しそうで、親切な人に見えるだけにいっそう。

すぐに帰ると言った割には、長々と話し込んでいる。大人はいつもこうだから困る。

そのうち小父は、同じ官舎にいるという兄のことを話しだした。

「ご近所で心強いでしょう」

「来年は定年なんです。ここを出なきゃならんのです」

「まあ、それは残念ですねえ」

小父は兄が近所にいるせいで生じるささいなトラブルを話している。話はまだまだ続くのだろう。

時計が再びギギと軋んでボウンと鳴った。私はその音が聞こえなくなるまでじっと耳を傾け続ける。

それから足をぶらぶらさせる。

「今日はまた格別な暑さですな」

小父は言い、そうそう、と思いついたように、

「風を入れましょう、風を。少しは……」

立ちあがると窓の方へ向かっていった。

窓に両肘を押しあてて、力を込めて一気に開けた。

先程より一段と風が強くなっていた。最初の風が入り込むと、カーテンを一気に天井までめくりあげた。二番目のはもっと強力で、机上に置かれていた書類を一気に吹き飛ばすと、床の上にばらまいた。

小父は、ウッとも、ワッともつかない呻《うめ》き声を漏らすと、慌てて窓辺へ駆け戻っていった。

母と私は急いで書類を拾い集める。

「いやあ、すみませんな」

ページも裏表もバラバラになった書類を受け取ると、そのまま机上に戻した。

「今日はいつになく遅いですな」

「いつもならもうとっくに帰っているはずなんだが……」最後は独り言のように呟いている。慣れない相手への応対に疲れが出てきたのかもしれない。

「婦人会ではどんなお役目なのですか」

「何かの世話役をさせられているようです」

「お顔が広いから……」

「いやいや」言って、私の方へ目を向けた。

話に飽きて退屈しているだろう、そんな顔だ。

やがて、そうだ、と何か思いついたように、急に立ちあがると部屋から出ていった。

母はここが潮時と考えたらしい。時計はすでに三時を回っていた。

「これでお暇するわ」私を見て、そう言った。『ありがたい』

小父が何か抱えて戻ってくると、母はこれで失礼するようなことを言った。

「せっかくのお休みのところ、長々と……」

小父は丸テーブルの前で小腰をかがめると、手の中にあった物を私の方にそっと押しだすように置いた。

「直ちゃん、ほら、見てごらん」

そう言ってニョキッと突き出された手にまず驚いた。さっき茶碗を置いてくれた時は気付かなかったのだが、大きくて毛深い。プツプツとした黒く硬そうな毛が毛穴から伸びている。いつも見慣れている父の手は女性のように滑《なめ》らかで、毛などどこにも見られなかった。

「まあ、なんて可愛らしい」思わず母が、微笑んだ。

置かれたのは陶製の置物だった。蔦《つた》を這わせた白い籠に赤い苺が二つ載っている。苺は、ポツポツ小さな穴があいていて、しかも台から取り外すことができるようになっていた。

驚いて見つめた。目の前で小父の毛深い太い指が、その一つをつまみあげた。

「ほら、ここをこうして」

裏返して底のコルクを外した。

「ここから、塩とか胡椒を入れて……」と軽く振ってみせる。

「まあ、なんておしゃれなんでしょう。良くできていますねえ」

小父はゆったりとした笑顔をこちらに向けると、

「ヨオロッパを旅行した友人の土産ですよ」

「まあ、舶来品なんですか」一目で高価な品物とわかる。

「どこの国だったかなあ、英国、フランス、オランダ、ええっと」裏を返し、ぼそぼそと

しばらく口の中で呟いている。

「なにぶん、あちらの文字なもので、小さすぎて」と下に置いた。

「ええ、ええ」そうでしょうとも、そうでしょうとも、母は頷いて微笑む。

小父は、目を輝かせ、じっと睨《にら》んだまま食いついたように動かない私に気付くと声を掛ける。

「手に取ってごらん」

『いいの？』そろそろと手を伸ばしかけた私に、

「落としちゃ駄目よ」

すかさず母が言った。私同様貧乏症なのだ。万が一、落として壊しでもしたらと、最初から良くないことを考えるのだ。

私は苺を振ってみたり、皿に載せたりを繰り返している。

母ははらはらしながら見ていたが、帰る潮時と考えていたところにこれなので、一層覚悟を強くしたようで、

「そろそろこれで……失礼いたします」と、いささか唐突《とうとつ》に挨拶しだした。

小母が帰ってくる気配はなかった。

「残念だったねえ。直ちゃんもせっかく来てくれたのにねえ。小母ちゃんもきっと会いたかったと思うよ」

ところが、この置物のせいで、急に帰りたくなくなった私は、まだぐずぐずと飽きもせずそれを触り続けていた。

見ていた小父が言う。

「直ちゃん、それ気に入ったら、直ちゃんにあげるよ」

私は聞き間違えたのかと、ぽかんとして小父を見上げた。

「いいえ、こんな高価なものを子供なんかに」母が慌てて言っている。その声はなんだかずっと遠くから聞こえてくるように思える。

「それに小母ちゃんが何て言うか、せっかく大事にされているものを……断りもしないで、そんな……」

私はおずおずと母を見上げる。それに気付いて、母は厳《きび》しい眼で『駄目。お断りしなさい』と、合図を送ってよこす。母は、未練がましいと思われる態度を何より好かない。

「いやいや、家に置いておいても、ただ飾っておくだけだから」

「直ちゃんになら、小母ちゃん、きっといいと言うぞ」

帰り道、私はまだ信じられない思いで、何度も赤い手提げを掲《かか》げては、中を覗きこみ、そこに置物がちゃんと入っているかを確かめては有頂天になっていた。

後ろから見ていた母が、つくづくというふうに声をかける。

「直子は損な子だわ。あげると言われたら、もっと子供らしく、はきはきと、ありがとうって言えばいいのに」

『えっ?』それはないだろう、私は思う。あの時、どこでそんなことを言えば良かったのか。自分も、何でも遠慮する質《たち》なのに、私のどこに、どうしてそんな子供らしい芽が育つのか教えてもらいたいものだ。

それにどうして人が喜んでいる時に、わざわざ人の凹むようなことを言うのだろう。

『それはそうかもしれないけれど、——まあ、いいや』

それでも、私は上機嫌で、長い道々、スキップでもして帰りたい気分でいる。

(六)

いつも行く市場が大改装された。最大の目玉は、いくつかの小売店に混じって、肉屋が開店したことだ。

当時、肉は庶民にとってはまだ高根の花だった。家で買う時でも月に一度か二度、それもこま切れか、贅沢《ぜいたく》してもせいぜい中肉というところだった。たいがいの家ではたんぱく質を摂るには、まだ肉より魚という時代だった。

自転車の荷台に、魚を入れた木箱をいくつも積んで、魚屋のアゲダさんはやってくる。昼近く、自分の店の客のまだ少ない時に、朝に仕入れた魚を売りに回るのだ。

胡麻塩頭に、年は五十半ばといったところだろうか。

「今日は、ええ鯖入ってるわ」ほぼ純粋な東北訛《なま》りで話す。

「鰯もええど」

「じゃあ、今日は鰯にするわ」母が言って、私は金物のボールを手に外に出ていく。

その間にアゲダさんは、いくつかの箱を除け、鰯の箱を一番上に据《す》えると、砕いた氷を手前にザクザクと引き寄せ、かき分けながら、

「なんぼいる?」

「どのくらい?」中継ぎ役の私は母に訊く。

「十六匹もあれば」

「十六匹だって」

次々とボールに放り込む。

「これで十六匹か？」鼻歌交じりに数えながら、銀青色に輝く太った鰯を手づかみでボールに入れる。どれも目が澄んでエラが真っ赤だ。ボールや手に鱗《うろこ》が飛んでくる。

「見るが、見るが？」アゲダさんが訊く。これも鼻歌を歌いながら。

「何？」

元通りに箱を積み上げていって、下から二番目の箱を一番上に載せ、蓋を開ける。

「どうだ、見てみろ、鯛だど」と鼻息も荒く言う。

「わあ、すごいねえ」

木箱いっぱいに大きな桜色の鯛が寝そべっている。

「でっけえべ」言うから、「うん、でっけえ」

「これ、どうするの？」つま先立ちで覗きこんだ。

「頼まれもんだ。何かの祝いで使うんだと。今日一番の仕入れもんだ」

喜色満面《きしょくまんめん》の顔で言う。預かり物をこうしてあちらこちらにお披露目して歩いていては、鮮度が落ちないか心配になる。

「これ全部食べられるの？」身体の割に頭の大きな魚だ。

「さあな、さすがに骨は食わねえべ。金持ちだばアラはどうすんだべ？」と私に訊く。

「捨てるの？」

「いんや、捨てはしねえべさ」と確信ありげに言う。

「屋敷で、でっけえ犬を飼っていたりしてな」

「血統書付きの？」

「んだ。それがこうやってバキバキと骨をかみ砕くんだ」

「大きな犬はそうやって食べるの？」

「んだよ」

「見たことある？」

「うんにゃ」「でもよ、このご時世でも、金なんてあるところにはあるもんだなあ」と感心したように話す。

「ねえ、でも、アゲダさんのアゲダって珍しい名字だよねえ」

「いんや、アゲダでねえど、あげただ」

「あげたさん？」

あげたさんは下を向いて、首を振る。あげた、あけだ、真似て言うが微妙に発音が違うらしい。どうやら彼は、本当のところ、正確な発音で自分の名を呼ばれたことがないらしい。視線を下に落としたのは、諦《あきら》めの心境なのだろうか。

何度か真似るうち、急に膝を叩いて、

「おっ、それだ」と言う。

が、もうそれがどれだかわからなくなっていた私は、ふうんとだけ答えておいた。

年の暮れ、歳暮だといって小鉢を一つ置いていった。裏を返すと、鉢の底に秋田商店と銘が打ってあった。

「俺も長えこと腰が痛えことがあってさ」

その日も秋田さんは、式台にどっかと腰を下ろして、身体を半分捩《ね》じ曲げる格好で、奥に伏せる母に話している。そこから母の姿は見えない。

「氷を積んだ重い箱を持つべ。市場で朝から立ちっぱなしで何時間もだものな。腰さ来てさ。イデくて、イデくて、まったくいつバキッと折れるかと思うほどだった」

「寝返りだって儘《まま》ならね。まっすぐ立つことだってそうだ。この仕事もいつまで続けられるかって、いっつも思ってたさ」

「ある日さ。まあ、いんだけ疲れて、家のストーブの前で休んでいたんだ。俺には男ばっかり三人、ちっこい孫がいるんだが、人がやっと座っているっつうのに、遊ぶべ、遊ぶべと絡《から》んでくるんだ」

「じっちゃん、腰が痛くてそれどころでねえ。向こうで勝手に遊んでろ、って怒鳴ったら、あっちで追いかけっこを始めたんだ。んで、そのうち、中の一番ちっこいのが、兄二人に追いかけられて、ある時俺の膝の上さボンゴリ飛び乗ったというわけだ」

「そん時だァ、まあ、ゴキッとすんげえ音がして、思わず、ギャッと呻いたんだ。この野郎、じっちゃんに何すんだあ、ぶん殴ってやろうと思って、転んだ奴の足を掴んで引きずり戻した」

「ところが、ところがなんだ。その時、俺はすいと立ち上がるしさ、すいと歩けもしたんだ。それからは重いものを持っても痛んだことがねえの」

「だから、そんなことも起こりうるからよ。奥さんも気を落とさず、頑張らねばな」

別の日には、やはり式台に腰を下ろして、

「んだか、奥さんも中年《さる》かぁ、俺と二回り違うんだか……」

（そんな若いのに気の毒になあ）秋田さんはしんみりとした口調で言うのだった。

この頃になると、世の中、固定電話を引く家庭も増えてきた。電化が進み、洗濯機、電気釜、冷蔵庫などの製品が出回り、若い労働者をターゲットにした、新しい時代の波が起き始めていた。市場が大改装されたのもこの頃だった。利便性を求める風潮があまねく地方にまで広がりだしてきていた。

大量生産という言葉がさかんに使われ、既成のものを自由に選択し、利用するという新しい生活スタイルが浸透しつつあった。それによって、これまでの生活様式が変わっていき、切り捨てられていくものも少なくなかった。

この頃から魚屋の秋田さんは、とんと来なくなった。

家の表通りには、朝に日《け》に荷馬車が通った。

近郊の畑から積み込んだ野菜を市場に運ぶため、家の前を行くのだ。

ほかに、もっと広い道や舗装された路もあるのだが、ここが一番の近道とみえ、早朝から、ギシギシ、ガタガタとやかましく通っていった。

ランドセルを揺らしながら走ると、むれた背中に風が入って気持ちが良い。

家まで戻ってくると、珍しく、母が通りに面した西側の窓辺にいて呼びとめた。

「直子、お願いがあるんだけれど……」

このところ具合が良いので、床から起き上がっていることが多い。

「何？」

「あのね、ほら、あそこに馬糞《ばふん》が見えるでしょ。あれを拾ってきてくれない？」

何かと思っていると、こんなことだ。

「やだね」にべもなく言う。

「あらら、どうしてかな？」

どうしてもこうしてもあるものではない。『何で私が行くの？』

「いい肥料になるのよ。畑に入れると、花でも野菜でも何でも丈夫に育つのよ。あそこにあって使わない手はないわ」

「お母さん、行けば？」

「それは無理よ」

「どうして？」

「だって、体裁が悪いもの」

『それって、何？』

「あなたは子供だからいいのよ」

何も言わないうちから決めつけて言った。

「さあ、早く行って、早く、早く。やってしまえばどうということはないわよ」

と、塵取りと箒と変な理屈とに送り出された。

再び、窓の下を通りかかると、

「もう一つ向こうにも見えるわ。隣のお婆ちゃんより先に行って、早く、早く」

隣家には広い野菜畑がある。しかも角地で日当たりが良い。いつもは、馬糞は大半彼女が拾い集めてしまうのだが、今日は留守なのか路上に放置されたままになっている。その間に母は馬糞を見つけた。拾われる前に、私が帰ってこないかと、首を長くして待っていた、なのでやたらと急きたてる。

一つの窪《くぼ》みから拾い上げると、重さがずしりと来た。次のは乾燥していて軽い。

一つずつ拾い上げては先に進んでいった。

電車通りで振り返り、ここらがいい所かと思ったが、誰にも会わなかったので、雑貨屋まで足を伸ばした。気持ちに区切りがつかないうちは、やり続けてしまう性格だ。母はそれを承知で頼んだのだろうか。うまく乗せられた気もする。

幸い誰にも会わずにすんだ。そうなると――小さな達成感さえ生まれてくる。

「拾ってきたけど、どこに置けばいいの？」

開いている窓の外から大声で言った。けれども、もうそこに母の姿はない。

台所の方で洗い物をする音が聞こえる。そこまで回っていって、開いた窓に向かい、やはり大声で同じことを言う。

「そのまま庭に回って物置の前よ」

こちらを見ずに言ったものだが、どうもその顔は、してやったりと、ほくそ笑んでいるようにみえた。

（七）

小母が、合田の家を出たと聞いたのは、私が母と合田の家を訪ねた夏の日から、八か月ほどたった頃のことだった。

帰宅した父が、襖越しに話しているのが聞こえた。父は私に聞こえないように、声を落として言うのだが、建て付けの悪い襖の隙《すきま》からそれは筒抜けに聞こえてきた。

「何故？　どうして？」母の驚く声がしている。

「そんなの知らん」父は不機嫌に言って、「わからん」と、突っぱねるように話を括った。相当に機嫌が悪そうだ。

襖の方へ行き、中を覗いた。父は着替えの最中だった。母の枕元の辺りで、片足立ちでズボンを換えていた。時々バランスを崩しかけては立ち直り、どうかすると、母の方に倒れ込んでいきそうな具合だった。

「どうして？　何かあった？」

母が言って、とっさに思い出したのが、あの苺の置物だ。

元々の原因があれだったとしたら……その可能性はあるだろうか。だとすれば、小父さんに申し訳ない。――しかし、いくら何でも、そんなことで、二人が別れるところまでいくものだろうか。

いっそう襖に近づいていって、聞き耳を立てる。

「今日、会社に、徹君が来て教えてくれたんだが……」

徹君が何者かは知らないが、おそらく小父夫婦と父の間に立つ人物なのだろう。

「何を考えているのかさっぱりわからん」

「何故出ていかなければいけない？　これからどうやって暮らしていくつもりだ？　どこの夫婦にだって、一つや二つの不満はあるもんだろ。皆それを我慢しながらやっているんだ。世間は冷たいもんだぞ。今の時代、女が一人家を出たって、やれることは限られているんだ」

と、まるで、母をというか、世のなかの女性全般を諌《いさ》めるような口調になって言った。

「小父さんだって、あと四年もしたら退職だろう。旅行にしろ、いろいろやりたくてもできなかったことを、これから二人でできるというものだろうが。何をいまさら、別居なんてする必要があるんだ？」

母の声は聞こえてこない、何か言ったのか、襖の陰で顔も見えない。おそらく、天井の節目《ふしめ》に目を当てながら、何か考えているのだろう。小父のことか。小母のことか。

女性は、家にいて、夫を立て、家庭を守り、子供を立派に育てることが一番の幸せだと考える時代だった。

父もまたその時代の人だから、身近にそういう問題が起きても、それ以上突っ込んで考えてみることもない。何故小母がそんなことをしたのかと、考えてみることもない。現実がそういうものだという思い込みが、常識として崩れない。なので、小母のことを身勝手だ、考えが甘い、小父さんのことも考えろと続けたものだ。

母は何も言わずにいる。

父は言いたいことを言うと、少し気が晴れたのか、深い溜息を一つついてみせた。

「なあに、一年もしない内に、詫びを入れる形で元の鞘に収まるさ」と言い、「まあ、なあ」と、白けた顔になると、

「どんないきさつがあったかは知らんが、小母もまあ、自分の甘さ加減を知るのに、一年もやってみたらいいさ」

と突き放すように言った。

「結局、一番馬鹿をみるのは、小母なんだがなぁ」

母はとうとう、最後まで何も言わなかった。

この話は、これで終わりかと思っていると、長い時間をおいて、

「小父さんもよく許したもんだなあ」と呆《あき》れたように言った。

それから半年も過ぎた頃、なん前触れもなく、小母がひょっこり、家にやってきた。

私を見ると、「やあ、やあ」と片手を上げ、にやりと笑って見せた。

相変わらず活気に満ちていて、以前と変わった様子などどこにも見受けられない。別れたというのが本当なら、父が言っていたように、世知辛《せちがら》い世間を渡っているふうにはとても見えなかった。

「お茶を入れる」と言うと、

「いいよ、いいよ、自分でやるから。勝手知ったるなんとやら」

鼻歌交じりに台所に立っていった。二人分の茶を入れ戻ると、母の側に座り込んで、長いこと話し込んでいた。

はじめ小母は、自分が家を出たことを、母がどう思っているのか気にするようで、やや身構えた様子だったが、母が真剣に大真面目に話を聞いているとわかると、これまで以上に打ち解けて、親密になったように思われた。

母は相手に話すだけ話させて、あとで相手の悪口を言ったり、誰かに告げ口するような人間ではなかった。

小母は、ちょくちょく家を訪ねてくるようになった。

父が出張の時には、泊まっていくこともあって、それが一週間になる、ということも珍しくなかった。

その頃、父は出張が多く、一か月の半分以上は家を留守にしていた。

仕事上必要な様々な資格を取るために、取った後は、各支店にそれを普及させるために招かれて講習に出かけていた。それについては、誰もやりたがらない仕事を、上手く押しつけられている気がしないでもないなあ、自分に利のないことには、皆、日和見《ひよりみ》主義なんだよなあ、と母に愚痴ることもあった。

出張から戻った父に、

「小母ちゃんね、ずっと泊まっていたんだよ」と言うと、

「小父さんも、どこにいるかわかって安心だろう。いっそここに落ち着くといいのになあ」

だが、小母がこの家に落ち着くような性格ではないことは、父も十二分に承知していた。

(父はどこまでも小父の味方でいるらしかった)

ある日、小母はバリッとした訪問着姿で訪ねてくると、玄関に立ったまま、今度、十字

街のちょっと名の知れた料亭で働くことになったと、自慢そうに言った。

新しく誂《あつら》えた、一目で高級とわかる萌黄色の地柄に、丸草花をあしらった袷《あわせ》に紗織のコート、そして真新しい草履を履いていた。

その姿を『どう？』と、見せびらかすようにして、右に左に身体を捻って見せる。ちょうど私が鏡であって、自分の姿をそこに映し出すかのように。（相手には不足だろうが、とりあえず、私のほか誰も見せる人がいなかったので）そのたびに強い香水の匂いがした。

「上がっていかないの？」

「これから仕事だから。急いでいるから」と機嫌良く言い、バッグから白い封筒を取り出すと、これを母に渡してくれと言う。

そして、奥に向かって首を突き出す格好で、

「そんな訳で、今日はこれで失礼させてもらうね」と、声を張り上げた。

それから、私に片目を瞑って向こうむきになると、――生憎《あいにく》、このところ、これがかなり我が家の難事になっていたわけだが、戸車の一方が利かなくなった戸を、裾を広げ両足を踏ん張ると（せっかく決めこんだ衣裳なのに）、ガタピシ、力任せに引いて出ていった。

それからは忙しいとみえ、めったに家に来ることもなくなった。来たとしても、私が学校に行っている間のことだった。

母の具合は相変わらずだった。というより、むしろ少しずつ悪くなっているように思えた。使わないでいる筋肉が硬くなり、思うように身体が動かなくなった。仕事をしていても、突然ばったりと倒れてしまうこともしょっちゅうで、両方の膝や脛は紫色の痣《あざ》だらけだった。

二、三度流しの方を向いて泣いているのを見たことがある。前掛けで涙を拭いている、悔しいのだろう。

「可哀想だ」言うと、

「何故？　お母さん、泣いてなんかいないわよ」

「何ともないわよ。ほんとに何ともないんだから」

と赤く充血した目で言うのだった。

この少し前、母は、祖父に連れられて、札幌の大学病院にも出かけていた。

当時、札幌に行くのには列車で片道六時間かかった。

その移動に、母は、自分の身体が耐えられるか、途中動けなくなりでもしたらどうしよう、行かないほうがいいのではと、ずいぶん悩んだようだ。そうしてやっとの思いで行った病院での結果は、やはり《異常なし》ということだった。

母はその結果に落胆することより、（それについては、最初からあまり当てにしてはいなかったようだ）まだ自分はこのくらいのことはできるのだという喜びの方が大きかったようで、帰りには、百貨店で、祖母と自分と私の分の服地を土産に買ってきた。それが、よほど楽しかったらしく、満面の笑みを浮かべて帰ってきた。

あの時、母は三十六、七という若さだったのだ。


学校を出て、雑貨屋の角を曲がると、路はまっすぐ延びて、家まで見通すことができる。

このところの晴天続きで、路面は乾いて、固まった砂糖のようにコチコチになっている。

荷馬車の轍《わだち》の跡が路に二本の線を拵えた。車輪に削り取られた跡がでこぼこになって残っている。

雨の後に泥が跳ねて困る、と誰かが役所に掛けあって、穴ぼこの中に砂利が敷かれた。

それを車輪が跳ねあげ、通行人や窓ガラスに当たるので、危なくて仕方がない。もう一度、役所に出かけて相談してみたら、砂利は取り除いてくれるだろうか。一度そちらの要望を聞いたのだから、市としてはそこばかり手をかけるわけにはいかない、予算が限られているうえ、ほかにも様々に苦情が来ているのだから、と断るのだろうか。

そもそもここが青果市場への一番の近道で、一日どれほどの荷馬車が往来するのか把握しているのだろうか。以前の方がまだ良かった。

日の当たる枯れ草の中に、タンポポが咲いている。イボタの垣根に囲まれた小さな庭に、雀が十数羽降りて、餌をついばんでいる。

電車通りを横切り、家へと向かう。

家の少し先の横路から、男がふらりと出てきた。路の両側の家々に視線を移しながら、ゆっくりとこちらへ向かって歩いてくる。四十を越えたばかりという年格好だ。日焼けした角張った顔に首がひょろりと長い。かなりのO脚だ。この寒さの中、薄手の茶のセーター一枚という格好でいる。

男はわざと何気ない様子で歩いてくる。それが普通の通行人と違って、却って不自然に見える。

知らない人だ。

かかわりを持たないよう知らぬ振りで歩いた。お互い、意識して知らない振りでいる。だが、この分では、ちょうど我が家の前で擦れ違うことになりそうだ。家を知られてはまずい。

そうなる前にさっさと通り過ぎてしまおう、そう決めて足を速めた。

「直ちゃんだね」擦れ違いざま、男は言った。

ぎくりとした。何故私の名前を知っているのだろう、思わず振り返った。

「やあ、ごめん、ごめん。驚かせた？」

若いのに、笑うと顔中皺だらけになった。粗悪なごわごわの麻のようなズボンを穿いている。どちらかというとツキのない顔立ちをしている。

男は無理にも笑顔をつくって見せると、

「別に怪しいものじゃないから」と言った。

否《いな》、私の名を知っているだけでも十分怪しい。

聞こえなかった振りをして通り過ぎようとした。

と、男は急に慌てた様子になって、どういうのか私と歩を揃えると、一緒に五、六歩、歩きだした。

「ちょっと訊きたいことがあるんだけど……」早口で言う。

『何？　知らない、私と何の関係があるの』私はそんな顔でいる。

「あのさ、合田さんのことだけど……」意を決めたように、

「この頃アンタの家に来るかい？」

アンタという言い方が通俗的で気に障《さわ》った。私は立ち止まる。立ち止まったが黙っている。何と答えたらいいのかわからなかったから。

「小父さん、合田さんとは古くからの知り合いなんだ。どこに行ったら会えるかなあと思って、知らないかい？」

今のように携帯電話があるわけではない、固定電話でさえどこの家にもあるというわけではなかった。柔らかな言い方とは裏腹に、相当困った様子でいる。

人のよさそうな顔に見える。

ちゃんと言ったほうがいいのだろうな、顔を見ながら思った。

「さあ、一年近く会っていないからわからない」言葉にしてみると、我ながら何の役にも立たない答だと思った。なので、相手の反応を持て余して、――さぞがっかりするだろう

と思っていると、それがそうでもない。意外と、さばさばというより、ほっとした表情を浮かべている。

「そう、会っていない、ここには来ていないんだ」

私は頷く。

「ありがとう。助かったよ」

それだけで子供の話を信じるのは早計では、と思っていると、笑顔のまま、じゃあ、と片手をあげてそそくさと立ち去っていった。たとえ相手が子供でも、うさんくさい目で見られるのはまっぴらだとでもいうように。

家に戻り、さっそく母に話した。

「小母ちゃんに？」母は眉を曇らせた。

「そう、それで何と答えたの？」

「一年も会っていないからわからないって」

母の顔を見て、その答で良かったのだと思った。

ところが、その翌日のこと。どうしたものか、当の小母本人が、ひょっこり家を訪ねてきたのだ。

あまりの都合のよさに、母と私は目を丸くして、思わず顔を見合わせた。

「どうしたの？」小母は怪訝な顔をした。

あと一日早かったら、私は思った。何と答えていただろう、やはり彼はついていない。

事情を知ると、小母は急に真顔になった。母の側に座ると、二人で何やらひそひそ話を始めた。

少ししてから呼ばれた。

昨日声をかけてきたのは、どんな男だったのかと訊かれた。

私は、彼は首がひょろりと長く、O脚でこんな歩き方をしていたと言った。寒い日だったにも拘わらず、ぺらぺらの薄い茶色のセーター一枚だったとも、余計ながら付け加えた。

「マサだよ、きっと」

小母は自信たっぷりに言った。いつになく上気した顔でいる。

「わかったわ。さあ、もういいからあっちに行って」と追い払われた。

それからも、二人は長い間、ひそひそと話を続けていた。

翌日、学校から帰ると小母が来ていた。夕飯の支度をしている。

私を見ると、片目を瞑り、ニヤッと笑って見せた。

母が言う。

「今日泊まっていかれるので、あとで一緒に荷物を取ってきて」

「泊まっていけるの？」

言うと、小母はことさら大きな笑い声をあげ、私の背を押すように強く二、三度叩いた。

「うん、やったね」

言うと、彼女はもう一度声をあげて笑った。

（八）

仄暮《ほのぐ》れた街を歩く。

まだ七時前だというのに、すでに明かりを落とした煙草屋の前を通り、銭湯の前を過ぎた。小路を抜けるが、初めて通る道だった。

家を出てからこれまで、小母は一言も話さないでいる。

やがて、辺りはいっそう暮れて、物の見分けもつかないほどになった。

しばらく行くと、小母は、バラ線の張られた、さらに細い道へと踏みいれ、そのわずかな隙間を、身体を横にしてすり抜けた。

光の溢れる大きな窓の下を、ひょいと身体を二つ折りにすると、足早に通り抜けた。

花壇を縁《ふちど》取って、白い水仙の花が咲いている。

横合いから犬が激しく吠えたてた。(どこかの家の庭を通り抜けたようだった)

広い路に出て、また小路に入った。それを何度か繰り返して、今度は建物に沿った幅五十センチほどの細い道を歩き出した。

街路灯の光も届かない真っ暗な道だった。右側には高さ二メートルほどもある板塀が張り巡らされている。こんな所で人と出会ったら、どう擦れ違えばいいのだろうと考えていると、

「下がぬかんでいるから気を付けて」

やっと小母が声をかけた。

なるほど、靴の底がぬるぬると滑る。板塀に手を添えながら慎重に歩いた。暗闇にぼうっと浮かぶ小母の白い割烹着が目印だ。

足元には下水管が通るのか、カルキの臭いが鼻をつく。息を詰めて歩いていると、急に小母が立ちどまった。どこかの建物の角にいるようだ。ガタガタいわせて戸を開ける。

「すいませーん」声を張り上げた。

「合田でーす。鍵をお願いしまーす」

間をおいて、奥から女の声。

「はーい」

パタパタと床を打つスリッパの音が近付いてくる。

とたん、何の前触れもなく、明かりがついた。眩しすぎて何も見えない。目が眩《くら》む。小母の背後からそっと目を開くと、そこに二十五、六の若い女が立っていた。細型の艶《つや》のない顔をしている。

こんな時間に、と迷惑そうだ。尊大《そんだい》な感じさえ受ける。

彼女から、赤ん坊の甘ったるい匂いと乳の匂いがしてくる。

戸が閉まると、さっそく訊いた。

「今の人、だあれ？」

「大家さんだよ」

小母はこの家の離れを借りていた。家主が住むつもりで増築したのだが、亡くなって、今は、息子夫婦が貸し部屋として使っているそうだ。

なおも板塀が続く。道の中央がV字形に窪《くぼ》んで、ますます歩きにくくなった。

ようやく小母が立ち止まる。

暗闇の中、手探りで鍵を回し、ドアを開けた。

「ここで待っていて」

狭い三和土《たたき》に立たせると言った。それから、履いていた下駄を拾い上げると、抱えたまま中に入っていった。

中の灯りはつかない。

三和土は外からの光は届かずに、まるで漆黒《しっこく》の闇の中にいるようだった。式台とおぼしき先に、小母が入っていった部屋があるらしい。

ずいぶん待つが、出てくる気配はなかった。物音一つせず、ひっそりと静まり返っている。

どこでか、三味線のポツンポツンと鳴る音がした。こんな所で……空耳だろうか。

夜目《よめ》に慣れてきたせいか、見上げる空が意外と明るい。星がか細く瞬《またた》いている。

戸口はこの頃には珍しくノブ式のドアだった。開けたり閉めたりを試してみる。

――再び三味線の音を聞いたと思った。耳を澄ますと、音はどうやら板塀の向こうからするようだった。いったいこの板塀の向こうには、何があるというのだろう。

突然、背後で、バタンと大きな音がした。中開きにしておいたままのドアが、風を受けて閉まったのだ。

慌てて走り寄って、元の位置に戻す。

「直ちゃんかえ？」部屋の奥から、小母のひきつった掠《かす》れ声がした。

「そう、風でね。風でドアが勝手にしまったの」

奥に向かって大声で言った。

返事はない。聞こえなかったのだろうか。もう一度言った方がいいのだろうか。

今度は、確かに三味線の音を聞いたと思った。どれも短く途切れた音だ。音合わせでもしているのだろうか。

確かめようと塀に沿って歩いた。塀はまだ先へ先へと続いている。

少し進むと、板塀に私の目の高さほどに節があるのを見つけた。力を入れ、指で押し込んでやると、栓のようにすぽんと抜けて、向こう側に転がっていった。

目を押しあてた。何もなかった。夏草が茂るだけの草叢《くさむら》だった。目を凝らして眺めていると、夜の光に浮かぶ草々は、昼間とは違い、濃く艶めくようで、微風に靡《なび》くその様は、いっそう妖《あや》しく美しく生鮮に息づいているかのようであった。不思議な空間がそこに広がっていた。

左手の先は窪地になっているらしく、そこには古い長屋風の木造の二階家が眺められた。

低地に建つせいで、一階は半分埋もれているように見える。横板張りの家屋には、同じ大きさの窓が横並びについていて、中のいくつかからは、黄色い電灯の光が零《こぼ》れている。三味線の音はやはりその方から聞こえてくる。中に混じって小太鼓の音も聞こえてくるようだ。

空におぼろ月がかかっている。月はその二階家の黒ずんだトタン屋根の上に、てらてらと淡い一条の光を投げかけている。

耳を澄ますと、かすかに女の嬌声や笑い声も聞こえてくるようだ。

と、三味線の音が幾重にも重なり合い、遠くながらも賑やかに鳴りだした。明かりの零れるガラス窓の一つに、扇子を掲げて躍る男の姿が映った。

ずいぶん時間を無駄にしたと思った。急いで勝手口へ戻る。だが、まだそこに小母の姿はなかった。部屋の中に耳を澄ませる。が、物音一つしてこない。

急に不安になった。小母は、私がいない間に、私を置いてどこかに行ってしまった――ということは――たぶん……ないだろう。

中に明かりがついた。それも一瞬だけ。

それでも、まだ中にいるとわかってほっとした。

大きな風呂敷包みを三つ抱えて、小母が出てきた。

「お待たせ、お待たせ」

下駄を下ろししゃがむと、もう一つを背負うから、後ろから押すようにと言った。

一つを右手に、残りを左手に下げようとしたので、「手伝う」と言うと、重いからいいと言ったが、結局、大きい方の荷は二人で持つことになった。

行く時は無口だった小母だが、帰る時はずいぶん饒舌《じょうぜつ》だった。

私たちの背丈が違うので、荷を持つ手の高さが揃わずに、風呂敷包みは二人の手元で、揺れるやら捻れるやら、そのたびに足元がふらついてもつれるので、互いに、ああしたらいい、こうしたらいいと言い合って、そのたびに大笑いになった。

オレンジ色の街路灯のある広い路に出てきた。

小母は立ち止まると、明かりに照らされた自分の姿をざらっと見下ろして、

「なんだか夜逃げみたいだねえ」

「そう見えるかもねえ」私も言った。

「でも、何ですねえ、なかなかお似合いとお見受けしましたが……」

言うと、小母は身体を反らせてカラカラと笑った。昔よく二人でそうして笑いあったように。

「ほんとに、もう」

言って、もう一方の手の荷を思い切りぶつけてきた。

私たちは人通りのない路を急いだ。もう九時は回っている頃だろう。

見上げると、先程見た月は、銭湯の高い煙突と松川の五階建てのアパートの間にかかって、相変わらずぼんやりとした淡い光を投げかけている。


その日から、小母は家に泊まっていくことが多くなった。

運んできた荷は、あまり使われていない三畳間の隅に置かれたままになった。

仕事に行くといっても、出ていく時間がまちまちなので、私には小母がどんな仕事をしているのか、どこに出かけていくのかさっぱりわからなかった。

朝、学校に行く時、決まって訊ねる。

「今日は泊まっていける？」

「うん、うん、今日は泊まっていける」

「うん、きっとね」

背後に、小母の笑い声を聞きながら、家を出ていく。

そう話しておくことで、小母も少しは他人の家にいるという気詰まりも取れ、泊まりやすいだろうという私なりの気遣いもあるのだが、母も小母も、ただの子供の身勝手な言い分のように片付けるところがあって、子の心、親知らずだなあと思ったものだ。

その日、小母は、私が起きだす前にすでにどこかへ出かけていたが、昼に戻ってみると、もう庭に張板《はりいた》を出して洗い張りをしていた。

そこで、例によって、今日は泊まっていけるか、と訊ねる。

「泊まっていく、泊まっていく」

いつになく安請《やすう》け合いだった。おまけに小鼻がぴくぴく動いている。母の方に顔を逸《そ》らしクックッと喉元で笑っている。

『変だ、ナンカアヤシイ』

泊まると二度言ったのも変だ。

一応、用心のため、玄関にあった彼女の下駄を、式台の羽目板を外し、中に入れておくことにした。

遊びに出掛けていく。

外ではすでに仲間たちが待っていて、私は皆の輪の中に向かって空き缶を蹴りあげる。家々の細い路地を縦横に駆け回っては奮迅《ふんじん》の活躍で、捕まった仲間を助けだしていく。私が一番の年長なので、自然そういう役回りになってしまうのだ。声援がすごい。

いったん水を飲みに家に戻ると、小母の姿が見えない。

「あれ？　小母ちゃんは？」

「お帰りになったわよ」

「だって泊まっていくって」

やっぱりだ、と思った。

「そうでも言わなければ、直が帰してくれないと思われたのよ」

母は言う。

「それよりあなた、小母ちゃんの下駄、どこに隠したの？」

下駄を見つけられなかったのだ、私は思う。おそらく、彼女が捜し回る間にも、羽目板越しに、何度もその上を踏み越えていただろうに。

式台の下だと言うと、

「アー、（なるほどね）」と妙に得心《とくしん》のいった声を上げた。その言い方からして、小母はなかなか下駄を見つけることができなかったのだと思った。

『最初から用があると言ってくれたら、隠したりなんかしなかったのに……』

「ずいぶんあちこち探されたのよ。縁側から、納戸から、物置も、外の石炭置き場も、鶏小屋も……」

そんなわかり易い所に隠すはずがないではないか。何とも発想が貧弱だ。

「すいませんが、ってお隣の勝手口まで行ったそうよ」

『それはいくらなんでもやり過ぎだわ』

「じゃあ、何を履いて帰ったの？」

「あのね、小母ちゃん御用があったのよ。お母さん、本当に申し訳ないなあ、って思っている気持ちわかる？」

「仕方がないでしょう。もしよろしかったら、私の靴を履いていってくださいと言ったの。そうしたら、下駄箱の中にはお母さんのハイヒールしかないって言うのよ」

そんなことはない、私や母の別の靴だってあるはずだ。

「いいです、いいです、これで行きます、と言われて」

『着物にハイヒールだって……』

だが、小母らしいといえばそうなのだ。

「でも、いざ履いてみると靴が大きすぎて、ぜんぜん歩けないんですって」

「お父さんの下駄なら、まだいけそうだって言われて、それを履いて帰られたわ」

悪いことをしたと思った。

「いつのこと？」

「そうねえ、二十分も前のことだわ」

母は柱時計を見上げると言った。

「でも、小母ちゃんの姿、ちっとも見えなかったよ」

仲間を救うため、家の周囲の小路を通り抜け、さんざん駆け回って、表通りの広い道にも何度も出たり入ったりしていた。

母は、そりゃあ、という言葉を飲み込んで、

「直子に見つかったら、元も子もない、そうなったら、大変だ、大変だと言われて、ほんのちょっとの隙を狙って出ていかれたわ」

あの時、追いかけっこの一方で、そんなバトルが同時進行していたなんて思いもしなかった。

やっぱり、悪いことをしたと思った。

背後で、母が何か言ったようだが、もう聞いていなかった。

急いで玄関まで行き、下駄を抱えて外に飛びだした。

背後から、仲間たちが私を呼ぶ声が聞こえた。

煙草屋までまっすぐな道が続く。だが、もうそこに小母の姿はなかった。

大変だ、大変だと思いながら、懸命に走った。二十分あれば、彼女が家に着くまでに十分追いつけるはずだった。用事があったのなら、困ったことにならなければいいが、と申し訳なさでいっぱいになった。

二本目の横通りを駆け抜けようとすると、突然、左手から、カッ、カッ、カッとけたたましい笑い声が聞こえてきた。

何事かと思い振り向くと、どうしたことか、一本向こうの通りの角に、小母が立っている、それも、身を捩りながら大笑いしているのだ。

口をぽかんと開けたまま、唖然として小母を見た。何故まだこんな家の近くにいるのか、まるでわからなかった。

「あれれ、どうして？」急いで駆け寄った。

すると、小母は、こちらには来てくれるなと、さかんに手を振りまわし、私を追い払う真似をして見せる。そうしてそのまま崩れ込んで、腹を抱え笑い転げている。何か話そうとするのだが、笑い過ぎて声にならないようだ。

やっと、苦しそうに息をつくと、

「どうしてだって？　どうもこうもありゃあしないよ。下駄が大きすぎて、まるで歩けやしないいんだよ」

言われて、見ると、なるほど小母の小さな足は、下駄の半分の大きさしかないのだった。

「あらあ」思わず声を上げる。

「あらあ、じゃないんだよ。これがさ、足を前に出そうとすると、こう」と、私の腕を掴んで立ち上がると、下駄を引きずって前に出した。すると下駄の先が、お辞儀をするように突っかかったまま動かなくなった。

「そして、こうなって、こう」

早い話が、先には進めず、一人、こうしてシーソーをしているようだったと言った。

「つんのめるばっかりで、やっとの思いでここまで来たら」

私が横合いから猛然と飛びだして、追い越していったと言うのだ。

歩く途中、彼女は、なんだってここの家の者は、揃いも揃って、足が馬鹿でかいのだろうとぼやいていたに違いない。

「それなら、ね」これがもし自分だったらと、小母の立場になったつもりで考えた。

「これで駄目だなと思ったら、もう一度家に戻って、私の靴を履いて帰ると良かったのに」

その言われように、小母は、少しの間まじまじと私を眺めた。それから鼻であしらうように「フン」と付け加えた。

「ごめんね、指が赤くなっている」両手を添えて下駄を下ろした。

「痛くない？」

「痛かないけどさ、何だかえらい目に遭ったよ」

鼻緒に指を入れると、下駄の先でトントンと軽く地面を打った。

「でも、何故、遠回りなんかしたの？　それでなきゃ、もっと先に行けたのに」

すると、大げさに肩をすくめて、

「そりゃあ」と言った。「直に見つかったら、大変だと思ったからさ」

『そこまで用心することはないのに……』私は思っている。

私たちは肩を並べて歩いた。いつの間にか私の背丈は、小母にもうすぐ届くほどに伸びていた。

「本当に、うちの直は、もう」もう一度そう言って、笑いながら肩をぶつけてきた。

四辻まで歩いていって、右と左とに別れた。

（九）

小母の家には時々出かけた。彼女の荷物を少しずつ運びだした。そのたびに、小母は母に向かって、

「ちょっと直ちゃんをお借りしますよ」と言うのだった。

以前、勤めていた店は辞めたと言う。通うのに時間はかかるし、帰れる時間が不規則なので、と話している。(小母は調理師の免許がないので、働くにも、いろいろ不利なのだと母は話していた)

今度働くことになった店は、大門にあって、それも友だちの手伝いのようなものだから、「てんで気楽なんだよ」とにこにこしている。

その頃から、週に一度ほどの割合で、小母の女学校時代の友だちが四、五人連れ立って家を訪ねてくるようになった。家を待合場所にして、揃《そろ》ってどこかに出かけていくのだ。行き先は、映画館、食事処、喫茶店などで、中に須田さんという質屋の御隠居がいて、時には彼女の家に集まって、世間話をしたりしていた。

小母は、何度かに一度、この仲間に私を誘うのだった。小母は中で親分格のようで、彼女が誘うと誰も文句は言えない。もちろん初めは、一人、二人に「いやあ」とあからさまに迷惑がられたが、私もその宙ぶらりんな立場で、よく断りもせず付いていったのだから

不思議だ。

私は彼女たちに、映画に連れていってもらったり、（オールチャンバラ映画だった）質屋の二階の部屋で、炬燵《こたつ》に足を入れて、彼女たちの話を聞いたりした。と言っても、彼女たちはどうせ私には話の内容はわからないだろうと、はじめから、カラー写真のたくさん入った婦人雑誌を二、三冊、それと菓子を用意してくれるのだった。

小母は私がいるせいで炬燵からはみだし、いつも少し離れたところに置いた丸椅子に掛けていた。

私は煎餅を齧《かじ》りながら、時々は彼女たちの話に聞き耳を立て、聞こえぬ振りで雑誌をめくっていた。私はまるきり無害なものとして扱われていた。

彼女たちは、一番割の合わない時代に育ってしまったと言い、それに比べて、いまの若い人たちは、本当に幸せだと言った。言いたいことは自由に言えるし、だいたい、戦争がないもの、と言うのだった。何かというと、話の結びにそれを言った。

小母たちにとって、あの戦争が、どれほど心に深い傷跡を残しているものかと思い入った。

須田さんは、とても小柄な人で、私と同じほどの背丈しかなかった。ふっくらとした頬に福耳をしていて、いつも地味な着物姿で、座布団にちょこんと座っていた。その姿はどこか人形のお多福さんを彷彿《ほうふつ》とさせた。

代々続いた質屋の跡継ぎ娘なだけに、堅実だったが、けちではなかった。因《ちな》みに、いつも着物姿でいるのは小母と須田さんの二人だけだった。

彼女たちが言うには、自分たちは良妻賢母、良妻賢母と教えられて育ったものの、今、そうと信じるのは虚しく感じられる。自分たちが本当に自分らしく生きるには、何を信じ何を目当てに生きていくべきか、それを考えると、どうしたらいいかわからず、不安でいっぱいになると言うのだった。

私は一度読み終えた雑誌を閉じ、と、もうすることが無くなって、もう一度初めから頁を捲《めく》りだすと、小母はすかさず本棚を指さし、

「そこから好きなのを持ってきていいよ」

とまるで自分の家にいる気楽さで言ったものだ。私が何をしようとしているかよく見ているものだ。

私は炬燵を抜けだし、何冊かの本を抱えてまた無造作に炬燵の中に足を突っ込む。

話は進んで須田さんのことになる。

「あんたのようにおとなしいとさ、結局、嫁が出しゃばるようになるんだよ」と中の一人が不満そうに言っている。

日が低くなって、窓から差し込む光が、部屋の片隅を細長く長方形に照らしている。

須田さんは質屋の仕事を息子に譲り、いまは隠居の身でこの離れに一人で暮らしている。

以前、質入れ品を収納していた蔵を改造した部屋だった。母屋の方は息子夫婦と二人の孫が住んでいる。

部屋の出入りには、蔵を抜け母屋に出る通路と、外付けの鉄製の階段との二つの方法があった。

彼女は話を続ける。知り合いに、息子を国立大学まで出し公務員にまでしたが、嫁との折り合いが悪く、そのうち自分が身体を壊して、嫁の世話にならなければならなくなった人がいると言う。

「出される食事が脂っこくてさ、食べられないって言うんだよ。残すと、食べるまで繰返し出すそうだよ」

「痛みそうになると、煮直してまた出してよこすって。身は煮崩れしてブヨンブヨンになるし、味はしないし、猫だってもう食べやしないよ」

「酷《ひど》い話だねえ」「で、お嫁さんは何を食べるの？」

「その分、食事代が浮くんだもの。自分の好きなものを、だろ」

「嫌だねえ。どんな嫁だろう。息子はそれを知っているの」

「言えば、嫁さんと上手くやってくれ、って言うだけだって」

「お嫁さん寄りになっていくんだよ。苦労して育てても」

「面倒なことは逃げだすんだよ。結局はそうなるんだ」

「だからさ、私が言いたいのは、あんたもそうだからさ。だいたい、この店をここまでにしたのはあんただろ、言いたいことがあったら、ちゃんと言っておやりよ」

「それにさ、そこの外階段は何だい？　雪が積もって凍りでもしたら、もう怖くて上り下りできないよ。滑ってくださいってもんじゃないか」

「あの勾配《こうばい》だもの。私なんか冬じゃなくても怖いわ」

「私たちが来ると、息子さん、どうなんだろう、迷惑なのかねえ」

　この発言はなんとなく無視された。

「だからさ、言うことを言わないと、あんたが馬鹿を見ることになるんだよ。自分の息子と思っていても、結局は嫁の言いなりになるんだから」

須田さんはというと、困ったように小柄な体をいっそう縮めて聞いている。

私には、彼女たちの言い分の方がもっともに聞こえる。それはそうだわと納得がいく。ならば、小母はどう思っているのかと上目づかいに眺めると、苦笑いのような笑みを浮かべたまま黙っている。皆の意見には同調せず、少し離れて様子を見ているというように見える。その様子は、どこか鷹揚《おうよう》でゆったりしていて、皆よりも一回りも二回りも度量の大きいことを考えているように見え、私は誇らしく、敬愛の念で眺めていたものだ。

自分が正しいと思っていることを言っても、一概《いちがい》にそうだとも言いきれない。人のことをとやかく言うのは簡単だが、それが自分のこととなると、そうはいかないものだ、そんな気持ちでいるのかもしれない。

須田さんは何も言わない。

「まったくさ。これだからじれったいんだよ」

「何なら代りに言ってやろうか？」

それを聞くと、須田さんは、針にでも刺されたようにビクリとし、目を丸くしたが、そのまま俯《うつむ》いてしまった。それから、おちょぼ口をもごもご動かすと、

「家の中で揉め事を起こしたくないの」とぽそりと言った。

「そんなことを言っているから、足下を見られるんだよ」誰かがすかさず言った。

須田さんは、この相当の向かい風を除けるように、目を宙に浮かせると、言った。

「よっちゃんがね（これが小母の愛称らしかった）、いろいろ知らない所に連れていってくれるからね、私は楽しいのよ」

それを聞くと、皆は一瞬、しゅんとなった。それぞれ身につまされることがあるのだろうか、妙にしんみりとした空気が辺りを包んだ。

その時、彼女たちはそれぞれに、心の中で、お互いの結束を意識していたのかもしれなかった。

しばらくはその場に、飴玉の包みを剥す音や、パリパリと煎餅を齧《かじ》る音が聞こえていた。

「そうだよね。私、バーなんかに行ったことがなかったもの」

「そうそう。あれ、面白かったねえ。あんたさ、酔っ払って、連れて帰るの大変だったんだから」

当人を除いた皆はクスクス笑いだした。

「だって何も覚えていないんだもの」

皆はまたけらけらと笑った。

「良かったよねえ」「うん」「また行こうよ」「うん、行こう」

「今度はさ、うんとキラキラした派手な格好で行こうよ」

「いいねえ」

「お金のことは心配しないで。私が皆の分も持つから」

須田さんが言い、小母の方へ向きなおると、

「よっちゃん、これからもよろしく、ね」

（十）

「直ちゃんをまたお借りしますよ」

母に断って家を出た。

その日は、三日も続いた大雨がようやく上がって、朝からからりと晴れた、清々しい日になった。

「天気も好いことだし、今日は土手の道を行こう」

小母が言いだして、土手の道を行くことにした。

川を挟んで、二メートルほどの高さの堤《つつみ》が、街の何町かをまたいで海まで続いている。

土手に上がると、川はこのところの雨量で、驚くほどの水嵩《みずかさ》になっていた。いつもは、川底を見せてゆったり流れ下るものが、いまは土手のわずか二十センチほど下を、泥を巻きこみ、大河のように滔々《とうとう》と流れている。

「ずいぶん、降ったんだねえ」

眺めていると、一緒に流されていきそうな錯覚が起きる。

「もう一日も続いたら、避難しなけりゃいけなかったね」

「そんなに？」

「前にもあったよ。パトカーが回ってきてね、決壊《けっかい》するときは、あっという間だからね」

土手のこちら側は住宅地だが、対岸は、中学校や大きな病院があるだけで建物は疎《まば》らだ。

昼下がりの校庭は、人影がなく閑散としている。校庭のこちら隅に数本のポプラの木が植わっていて、風が吹くたびに白い葉裏を返していた。耳を澄ますと、さわさわと乾いた葉音が聞こえてくるようだ。

土手の道にいくつも水溜りができている。

自転車が一台、ちりんちりんとベルを鳴らし追い越していった。見ていると、水溜りに踏みいれた車輪が、次の水溜りに突っ込んで、次々に濡れた一本の線で繋がれていく。面白い。

バスが通る石橋へ出た。橋のたもとに老舗《しにせ》の餅屋がある。北国には珍しい瓦屋根の重厚な構えの店だ。

ガラス越しに見る店内は日が遮《さえぎ》られて薄暗い。

「どうだい、帰りに、大福でも買っていこうか」小母が言った。

川下から鴟が一羽飛んできた。小母の頭のすぐ上まで下りてくると、一回りして川上の方へ向かっていった。

「どうして山の方に行くの？」

鴟は、海にいるとばかり思っていた私は、小母に訊ねる。それにしても、今、間近で見た、鴟の眼の何と獰猛《どうもう》そうなこと。

「さあね。山の上では、どのくらい降ったのか見に行ったんだろ」

遠くの樹木の重なり合った向こうに、立派なコンクリートの橋が見える。橋の上には、パンタグラフを立てた二台の電車が信号待ちをしている。さらにその先へと目を転じると、海が白く光っている。

と、いきなり、小母が、土手の急斜面を駆け下りた。それも下駄で行くのだから、すごい運動神経だ。流石《さすが》に弾みがつきすぎて止まりきれず、道の反対側の縁まで行ってようやく止まった。

家並みを歩く。この辺りまで来ると小母の家の見当がつく。鍵を貰いに大家の家まで走った。

戸口で大家を待つ間に、小母が追い付いて後ろに立った。大家は小母の姿を見ると、

「さっき磐田さんが来ていかれましたよ」と言った。

「そう、で、なんて？」小母は私の脇から手を伸ばして、鍵を受け取った。

「ご用件は仰いませんでしたけれど。中で少し待たせてくれと言って、鍵を借りていかれて……。でも先程帰られましたよ。鍵を返していかれましたから」

「そう」小母は唇を噛《か》んだ。

「お留守の間に何度かいらしているんですよ」

小母は、鍵を指の間でくねくねと回した。それから少し間をおいて、

「あの……、今度来たら、私はここにいない、もう引っ越したと言ってくれない？」

「えっ？」

「いえね。何も本気で引っ越すわけじゃないのよ。そう言ってくれればいいだけで」

大家の若い女は、困惑の顔を見せたが、俄然《がぜん》興味を惹かれたようで、だが、それと悟られないよう顔を逸《そ》らせたものだから、そこにいた私とばっちり目が合った。彼女の顔に表情らしい表情が浮かぶのをはじめて見たと思った。

「ただね、そう言ってくれればいいのよ。お願いするわ」と一方的に言って、戸を閉めた。

「一番乗り」

鍵を開ける小母の袖下を潜《くぐ》り抜けた。

「コラ、コラ」そうはさせまいと、小母は私の服を掴《つか》んで離さない。

振りほどいて、勢いよく襖を開けた。

ぎくりとした。

部屋の中央に布団が敷かれていて、そこに見知らぬ初老の男が寝ていた。

一瞬、家を間違えたのかと思った。後から来た小母は、それ以上に驚いた様子で、呆然

とした面持ちで、敷居の所に突っ立っている。

「何で、何でだよ」小母が嗄《しわが》れ声で言った。

「何であんたがここに居るんだよ」と、とげとげしい言い方だった。

男は、たった今起こされた、という素振りでゆっくり目を開けると、眩しそうに小母を見上げた。

げじげじ眉に、青白いむくみを帯びた四角い顔。ギョロリと動く大きな目。短い鼻梁。陰気ではあるが整った顔立ちをしている。右の頬に横四センチほどの傷痕が見える。いかつい顔付きのわりに、幼児のような柔らかな耳をしていた。

小母に睨《にら》まれると、男はぽりぽりと首を掻いた。

「ここは私の家だよ。家賃を払っているのはこの私だよ」

「何も……」男は言いかけ、壁に向かってゆっくり視線を逸らすと、

「何もそう、ポンポン目くじらを立てて言うこともなかろうが」

低くて、よく響く声だった。

「いつ来たって留守じゃねえか。だから、こうして待っていたんだ」

「鍵はどうしたのさ？」

「大家から借りたさ。昔、おめえを待つ時は、いつもそうしてたじゃねえか」

「けど、ちゃんと返しておいただろ。失くしでもしたら大変だものな」

「そうして、いったん帰ったように見せかけたんだね」

するとと、男はクックと低い笑い声を洩らした。

「見せかけただって？　へっ、そいつは人聞きが悪いぜ」

「大家さんは、もう帰ったという口振りだったよ」

「どう聞いたかなんて、そんなことは知らねえ。俺は何も言っちゃいねえもの」

小母は男の顔を見ようともしない。首を小さく傾げると、

「ちょっと、あのさ、その寝間着《ねまき》、私のじゃないかい？」

男はガーゼの花柄の浴衣を着ている。

「なんだよ。人の物を断りもせず」

「おめえがいたら、ちゃんと断っていたさ」

落ち着き払った声で言うと、男は窓の下に置かれた、アルミの灰皿を引き寄せた。

「それによ」言って、ひくひくと短い笑い声を洩らす。

「この昼日中、他人《ひと》の家を訪ねるって時に、どこに寝間着を持って出かける奴がいるんだ

い？　ガキのお泊まり会じゃあるめえし」

煙草を取り出すと、口に銜《くわ》え、火をつけた。

「これを着ているると、おめえと一緒にいるって気になるだろうが」

聞く耳もたぬ、小母はそんな顔をした。

「帰っておくれよ。私はこれからこの子と出かける用があるんだから」

この言い様が、男にはかなり意外だったらしく、陰気な目をギョロリと動かすと、じっと小母を見上げた。

「用があるって、か？」

「そうだよ。薄物を取りに来ただけなんだから」

「帰るって、か」探るような目で、小母を見ている。

少しして、

「おめえ」と言った。

「おめえ、なんか変わったな。以前はそんな口のきき方はしなかったな」

「何も変わっちゃいないよ。前とおんなじだよ」

「嘘つけ」と決めつけた。

「俺から逃げようってえのか。ハン、だが、そうはさせねえ」吐き捨てるように言った。

「だからさ、違うって言ってるだろ」

「ずいぶん探したぜ。どこを探してもいねえ。おかげで、マサにもすっかり借りができちまった」

ふっと脳裏に浮かぶものがあった。『マサって……ひょっとしたら、あのマサ？』いつぞや、家の前で出会ったひょろり首の男を思い出した。

「急いでいるんだよ。先方を待たせるわけにはいかないんだから。仕事仲間が、言い値で買ってくれるって言うんだから」

「高く売れるのか？」と、いわでものことを言う。金の儲け話なら、いつでも何でも乗っかってやろうという態勢だ。当然のこと、小母はむっとして答えない。

気が付くと、男は先程からずっと、小母から目を離さずにいる。

「来る早々、帰るって、か」

「そうだよ。薄物を取りに来ただけだから」

男の吸う煙草の先が、ぽっと赤くなった。それきり動かずにいる。何を考えているのだろう。

男に口出しはさせない、小母は、この男から逃れるため、いくつかの嘘をじょうずに織り交ぜながら、なんとか上手くこの場を収めたようだった。あとは、自分の着岸する場所を正確に見定め、そこに向かって一気に漕ぎだすばかりといったところだ。

（どうだろう、母と小母は、こうしてこの男に会った時に取るべき策を、予め相談し合っていたのではないだろうか。二人でなにやらひそひそ話し合っていたのは、この事だったのではないだろうか）

小母は男の前を素早く通り過ぎた。押入れを開け、行李《こうり》の上に乗った平べったい風呂敷包みを引き寄せる。

それから、伸びあがるようにして、「あ」と言った。

「ちょっと、あんた、今、煙草の灰、落としたよ」

すると、男は反射的に胡坐《あぐら》を広げ、股間を覗きこんだ。

「そこじゃないわよ。ほら、ここさね」

シーツに焦げ跡が残った。素早く近づいていって、指を立てた。

「気をつけておくれ。火事にでもなったらどうするつもりだい」

と、次の瞬間、突然、男の手が伸びた。小母の右の足首を捕まえたと思うと、そのまま力任せにぐいと手元に引いた。

するとと、小柄な小母の身体は、ひとたまりもなく軽々と男の方へ引き寄せられ、そのまま布団の上にごろりとひっくり返されるように仰向けに転がった。

着物の裾がはだけ、めくれると、両足の付け根まで剥き出しになった。小母はなんの下着も付けていなかった。あられもない格好になった。

上から男がのしかかる。がっしりとした蟹《かに》の甲羅のような上体が、小母をすっぽりと抱え込んでしまった。

「何するんだよ」

小母が叫ぶ。男を振り払おうと必死になって踠《もが》く。そして、それが無駄だとわかると、今度は拳骨《げんこつ》で、男の頭をぼこぼこと音がするほど叩きだした。

が、男の方はどこにも応えない。ますます彼女を強く抱え込むと、前後左右に身体を揺らし始めた。

「およしよ。およしったら。えいっ、畜生、何だよォ」

剥き出しの足がバタバタと宙を掻いている。懸命に起き上がろうとするが、そのたびに押し潰されてしまう。

『何とかしなくちゃ』私は思った。思ったが、良い方法が浮かばない。『どうしたら？　いい？』焦《あせ》った頭で考えた。

「およしよ。子供の見ている前じゃないか」小母の顔が真っ赤になっている。本気で怒っている。

なおも手足をバタバタと動かしていたが、――ある時、目を一点に据えると、そのまま動かなくなった。

突然、男の身体が後方に飛んだ。小母が、男の胸に両足を当てると、渾身《こんしん》の力を込め蹴り飛ばしたのだ。

男の動きが止まった。そのまま動かなくなる。気が削がれたというふうだった。

しばらくは、部屋の中に、ぜいぜいと肩で息をする小母の荒い息遣いだけが聞こえていた。

やがて、男は、私がいることに初めて気付いた、というふうにこちらに顔を向けた。こんな間近で女児を見るのは珍しいとでもいうように、じろじろと、次第に、妙に熱を帯びた生臭い目で、まるで値踏みでもするかのように執拗《しつよう》に眺めだした。

『何？』先程の小母への仕打ちが思い出されて、睨みかえすと、男は蚊が止まったほどにも感じず、にやけた顔でふてぶてしく、いる。図太くて、黙っていると何をしでかすものかわからない怖さがある。ぞっとするほど気味が悪い。

その内、男があまり静かなので、不審に思ったらしい、小母は探るような目をこちらに向けたが、ある時、ハッと気付いたように、

「何だよ、何だよ」と金切り声をあげた。

「いい加減にしろよ。これ以上何かしでかしたら、ただじゃおかないから」と、狂ったように大声で喚き散らした。

男は顎を突き出し、緩慢《かんまん》な動作のまま、ようやく私から目を離した。

壁の方を向くと、そのまま動かなくなった。

小母は、なおも用心深く男から目を離さずにいたが、やがて、

「あたしはこの子を連れて帰るよ」と言った。

それでも、内心は腫れ物に触るようはらはらしている様子で、だが、それと気付かれぬようわざとゆっくりと、

「で、あんたはどうするんだい？」

「俺か……」と男は唇を小さく動かす。

「帰るって、か」呟くように言う。

「そうだよ。帰るよ」邪険《じやけん》に言った。

男はさかんに脛を擦っている。

どちらの勢いが相手を屈服させるか、——二人の間に一瞬、そんな空気が流れた。が、男の方はどちらかというと、行き当たりばったりで、いい加減な感があった。

「俺か……ああ、もう少しいるさ」とふてぶてしく言った。

「そうかい、それなら戸締り、ちゃんとしていっておくれ。鍵はここに置いとくよ」当たり障《さわ》りのない、穏やかな言い方だった。

風呂敷包みを手に、もう一方の手で私の手を引いた。(その手が触れた途端、何故か、汚れている、と感じた)

「おい」

出ていこうとする小母の背に向かって、

「俺と別れる気か?」両腕を垂らしたまま男は言った。

「何もそんなことは言ってないだろ。今日は、どうしても外《はず》せない用があるって言っただろ」

「いいか、そんなことは金輪際《こんりんざい》させねえからな。それだけはようく覚えておくんだな」と最後まで言わせずに言った。

「もう少し、寝ていくことにするさ」男はふて腐れたようにそう言うと、もう一度ごろりと布団に寝そべった。

「好きにしたらいいさ。鍵は忘れずに頼むよ」

声を詰まらせ、小母は言った。

土手の道を行く。

日はまだ頭上にあるが、傾きと向きが変わった分、眺める景色がずいぶんと色褪せて見える。

遠く前方に雁皮《がんぴ》の低い山並みが連なっている。足下では、相変わらず濁水《だくすい》が波立ちながら下っている。

先を歩く小母に目をやった。彼女は、私がいることなどまるで忘れたようにうわの空で歩いている。

私は思う。――本当はここに私がいてはいけないのだと。

(さぞかし私が邪魔だろう。彼女は今、抜き差しならない状況にいるのだ。できれば一人でいたいに違いない）それに、あの男のことは、誰にも知られたくなかったことだったに違いない。小母は、あの男に、二度と会いたくなかったのだ……彼女の後ろ姿を見ながら思った。

だがどうしてあの男と小母なのだろう。二人の間にどんな出会いがあったのだろう。男はややもすれば、ならず者風に見えた。仕事はできるのだろうが、無頼《ぶらい》な雰囲気が窺《うかが》える。

小母は男と別れたい。だが、それと知れると、男が何をするものかわからず、怖くて別れられずにいる。男から逃げ回っていたが、今日は運悪く、鉢合わせになってしまったというところなのだろう。

そう考えると、以前、マサという人が小母を探し回っていたことや（マサが気の好さそうな人で良かった）、母と小母が二人でひそひそ話し合っているのも、小母が家に戻る時、母が私を御供に付けることや、大事な荷は皆我が家に運んできたこと、ある頃から女学校時代の友だちが（須田さんを除いて）背を向けたように、ぷつりと来なくなったのも、すべてこの男と関係していることのように思えてくるのだった。

小母は腹を立てていた。自分にだろうか。たぶん、胸の内では泣いているのだ。大泣きかもしれない。どうしようもなく……。〈世の中は空しきものと知る時し、いよよますます悲しかりけり　万葉集より〉

このままでは、この先良いことも望めず、悪い方、悪い方へとさえ流されていきかねない。小母は黙りこくって歩いている。

これからどうなるのか。この先、どこかでけりのつく話なのだろうか、心配だ。

行く手に水溜りが見えてきた。空が映っている。青い空だ。

避けて通るだろうと思っていると、そのまま足を踏み入れた。脛まで泥が跳ね上がるのも、足が濡れるのも構わず、踏みつけるようにして通り過ぎた。

やがて、時を置いて、――どう気持ちを立て直したものか、ある時グイと頭を反らすと、前方を見つめ、昂然《こうぜん》として歩きだした。

何か悲しい気持ちになった。

いつの間にか、餅屋の前まで来ていた。店の中は、先程よりいっそう翳《かげ》って、中を見ることはできなかった。

とうとう小母は、家に着くまで、何も話さずじまいだった。

その日は、夕食の支度もそこそこに、これから用があるからと言い、食事もとらずに帰っていった。

その後、三か月ほどもしてから小母はやってきた。この間に、須田さんが二度ほど訪ねてきて、頼まれたと言って、小母の荷を、よろよろと重そうに運んでいった。

小母はやってくると、何事もなかったように振る舞っていた。その様子からして、私には、母に、あの男と鉢合わせになったことを話したのかどうか、わからず仕舞いだった。ただ私はそのことを、母には話さなかったので、それを意気に感じたのか、私を見ると、にやりと笑って、大きくウインクをしてみせた。

その後もたびたび訪ねてきたが、以前のように長居することはなく、いつも用がある様子で慌ただしく帰っていった。

そんな小母を掴まえて、母が呑気に言いだした。

「直子はこの頃、ハタキ掛けが上手になったんですよ」

まずいな、私は思う。

ふうん、そうなの、——案の定、小母は白けた顔でこちらを見る。その顔には、そう箇単にそちらの目論見《もくろみ》通りにはさせないぞ、とにわかにもたげた闘争心がありありだった。初めから母の話を潰そうとしている。こんな時、勝ち気な小母は、母に花を待たせるようなことは絶対にしない。母は計算のない棒球を、好きなように打って、と投げているようなものだった。

「やってみて」母に言われて、気の進まぬまま障子にハタキを掛ける。

「駄目、駄目、全然駄目」

そら、おいでなすった、というものだ。

小母は、私からひったくるようにハタキを取り上げると、まるでラッセル車並みの勢いで障子をはたき出す。『ほら、だから、言わないこっちゃない』

「ほら、こうやってするもんだよ」

どう、と言わんばかりに両手を擦《こす》り合わせ、こちらを見る。

小母が帰った後、母が言う。

「何も張り合うことないじゃない。子供相手に、ねえ」

母がそう言うのにはそれなりの理由があった。

小母はずいぶん前から、家から金を借りていく。今も変わらず。なので、母にすればそのことで決して優位に立つつもりはないものの、こんな時は、せめて自分に合わせ、世辞にでも娘の頑張る姿を褒めて欲しいと思ったのだ。

安月給なのだが、父は、昔世話になったからと、小母に頼まれると、言われた額をそのまま用立てていた。

結局、それがいくら戻ってきたかは知らないが、――言う側の父はまだ良かった。家計を任されている母はそうして予定外に出ていく金をやりくりするのは、なんとも不満の溜まることだったに違いない。

そうして、母から金を借りていく割には、母のことを「お嬢さんだよねえ」とか、「育ちがお嬢さんだからね（世間知らずだ）」と私に言うのだった。ついでに私には、「ちっとも構ってもらえないもの。ここの子じゃないみたいだねえ」となるのだった。

須田さんとは、相変わらず付き合いが続いているらしい。

そして彼女からも金を借りているようだった。こちらは我が家とは違い相当の額になるらしかった。

父が母にその話をしている。小母の借金が元で、須田さんと息子さんが大喧嘩をしたのだそうだ。そして彼は、小母に向かい、今後一切付き合ってくれるなと迫ったらしい。

代々続いたこの店を、何の権利があって潰すのか、自分たちを路頭に迷わす気かと、凄い剣幕で怒鳴ったらしい。

それと、須田さんには、血の繋がる自分たちより、金をせびりに来る友人の方が大事なのかと言ったそうだ。

母屋から母親を追いだした息子さんだ、結局、須田さんが折れて彼の言う通りになったことは容易に想像がついた。

で、その後、小母と須田さんの関係はどうなったかというと、(さぞかし小母は金に困って窮地に立たされている、と思いきや)しばらくは、息子さんが取り付けた外階段から、こっそり訪ねていたらしい。

そして、それが半年も続いた頃、とうとうそれもばれて、近所中騒ぎになるほどの大喧嘩になった。親子喧嘩と父は言ったが、あの物静かな須田さんが、とうてい息子さんに太刀打ちできるはずがない。言う通りにしなければ、この家を出ていってもらう、金も生活費しか渡さないと脅《おど》されて、誓約書まで書かされたというのだ。

そんな話からも、小母はそうとう金に困っているようだった。

「だから言っただろ、だいたいこんなことになることは初めからわかっていたんだ。小父さんと別れたりしなければ、こんな苦労をすることもなかったのにな」

父の言った通りになった。

だが、小母は贅沢《ぜいたく》などしていない。収入は少ないだろうが今も働いている。それなのに、何故。

あの男のせいだろうか。二人の関係はまだ続いているのだろうか。

「別れてやらない」男は言った。良い金蔓《かねづる》と思っているのだろうか。悪い男に掴まったものだ。父だってあの男のことまでは知らないだろう。

「世の中、甘くはないんだ」父は言う。甘いとは誰も思っていない。しかし、世の中、見誤ることなく、全てに精通して捉えている人もまたいないのだ。たぶん、便宜上、使われている言葉なのだろう。

小母は小父と別れなければ、こんな金の苦労もせずにすんだ。相応の暮らしをしていたはずだった。――そう思うと、父の話ももっともということになる。

だが、これも小父と別れて始めた生活が、悪い方に向かったから言えることで、そうならないことだって十分有り得たのだ。

須田さんという後ろ盾を失って、小母はますます金に困るようだった。

そのため、母のように、身近で呑気にのうのうと過ごして見える人間には、苛立ちを覚えるようで、次第に、母には、投げやりで意地っ張りな態度をとるようになっていった。そんな時は、母から金を借りていることなど、すっかり頭から抜け落ちて（わかっていても認めないだけだったのか）、分が悪くなっても、頑として自分の主張を譲らなかった。

（十一）

ディズニーの映画が来た。

友だちの間ではその話題で盛り上がっている。

学校の規則では、映画鑑賞には父兄同伴でなければ行けないことになっている。

家から近いのと、親の見栄もあって、良家の子女が多く通う学校に行かされていた私は、普段でも何かと鬱屈《うっくつ》した学校生活を送っていたが、この時もそうで、観ておかなければ、皆の話に入っていきにくかった。

どうしても行きたかった私は、母に何度も頼んでみた。（それなのに、今になってみれば、それが何の映画だったのか、まるで覚えていないのだ）

その時には、母はもう寝たきりだったので、私を連れていくことなど、できるはずもなかった。

いつもならこれで諦めるのだが、この時ばかりは譲れない気持ちでしつこくせがむと、

「仕様がないわね。今度、小母ちゃんが来たら頼んでみてあげる」と言ってくれた。

が、それが子供向けの映画なので、小母は断るかもしれない、それに、いつ来るともわからない——その間に、うまく上映期間が過ぎてくれたら……、母はそれを当てにしている。

こちらから言いだす以上、当然小母の分も、こちら持ちになる。そんな余分な金は家にはない。母はそう考えているのだろうが、私は何も言わなかった。

さいわいにも、さほど日を置かずに小母はやってきた。

私はさっそく、母の側に座って、話してくれるのを待った。

ところが、いくら待っても言いださない。できればここは忘れた振りをしてやり過ごしたかったものとみえる。

「お母さん、映画の話聞いて」

言われて渋々切り出した。それでも、まだ断られるのを当てにして。

ところが、

「いいですよ」

あっさり言われて、はぐらかされた思いでいるようだった。

それでも、家では、久しぶりに明るい話題になって、話が弾んだ。

映画の帰りには、肉を買って鍋にでもしようということになった。

父はいつも深夜まで麻雀をして帰るのだから、私たちも少しぐらいの贅沢は許される、ということになって、

「せっかくだから、肉も上等のロースにしましょうよ」

と、どう吹っ切ったものか母は言った。

「ロース肉、四百グラムね」

「三人で四百グラム?」「贅沢、贅沢、凄いや」私は言う。

「四百グラムっていうと……」小母は宙に目を這わせた。「何匁になるんだい?　ええっと……」

母と私はにこにこしながら小母を見ている。

「アー、慣れないねえ、いっそ前のままでいてくれた方が、よっぽどわかりやすかったが

ねえ……えーと、百匁ちょっとというところかねえ」

私たちは、笑顔をいっそう引き伸ばして聞いている。

「勝手にメートル法にすると言ったって」

尺貫法が廃止されて、メートル法が施行されることになる。

「馴染《なじ》めないねえ」

小母がぼやいて、母と私は待ち構えていたように笑いだす。

肉を奮発する代わりに、映画館までは歩くことになった。ここで少しでも経費を浮かせようというわけだ。


土曜の午後、揃って家を出た。開通したばかりの新道を行く。

陽が射しているとはいえ、この時期の風はまだ冷たい。

生活感のない、殺風景な景色がどこまでも続く幅広の路を歩いた。

舗装された路と、縁石と、コンクリートの電柱ばかりが目に入る。たまにダダダダと喧《やかま》しく車体を震わせながら、オート三輪が通り過ぎていった。

私たちは、一つ、二つと町を過ぎていった。

小母は知らない路を歩くのが好きだとみえて、街の至る所、細かな枝道まで知ってい て、見知らぬ細い枝道から、思いがけない所に出ていくので吃驚《びっくり》する。

やがて、遠くに、駅前のビル群が見えてくる。

「今、何時頃？」

上映時間は、しっかり覚えてきた。

訊ねるたびに、小母は腕を掲げて時計を見てくれるのだが、上映の開始時間までに着くことまでは考えていないようだった。

次第に家が込みだしてきた。駅まではあとバス停二つという辺りまで来ると、急に、

「ちょっと寄りたい所があるから」と言いだした。

『早く終わるといいけれど』寄り道をしていくだけの時間はあったろうかと気が揉めた。が、付いていくより仕方がない。

辺りは平屋の家々や、間口の狭い二階家、こじんまりとした店々が押し合うように軒を並べている。

歩くうち、小さな空き地が現れた。道路側に、半分しか字の読めない赤錆びたバス停の標識が立っている。

小母は、道路と空地の間の細い溝を踏み越えると、慣れた足取りで、砂利の混じる草地を横切っていった。

奥にある、一軒のしけた店の前に立つと、鍵を回して中を開けた。

その店の構えから推察して、昔、ここには、もう一軒、同じような建物がくっついてあったらしい。それがある時、何らかの事情でその双子の一方が取り壊されてしまい、今は、そこにコンクリートの土台だけが剥き出しになって残っている。

水色の格子のはまった、モルタル塗りのその店は、全体、一杯飲み屋といった感じだ。戸口には、《五時より営業》と書かれた日晒《ひざら》しの短冊が貼られている。

店の中は十四畳ほどの広さがあり、奥に向かって細長いカウンターが付いている。テーブル席が三つ並んだ先には、衝立で隠した小さな小上りがあるらしい。

「お入りよ」

店内は古びていたが、掃除は行き届いていた。カウンターの背後は総ステンレス張りの厨房になっている。

棚に、いろいろな銘柄のレッテルが張られた一升瓶がずらりと並んで、それが唯一店の飾りにもなっている。そこだけが贅沢な空間だった。

「ここが小母ちゃんの働いているお店？」

以前、友だちの店と言っていたのはここのことかと思った。

「そうだよ」と、コップを取り出した。

蛇口をひねって水を注ぐ。一気に飲み干すと、

「飲むかい？」コップを差し出した。

『もう映画は始まっている頃だろう』やきもきした。それどころではないと言いたかった。わずかな時間も惜しかったので、

「飲まない」慌てて答えた。小母もそれに気付いてくれるよう期待しながら。

だが、もう途中から見るより仕方がない、すでにそんな諦めの気持ちになっていた。

壁面に、お品書きの札が並ぶ。女優の大きなポスターが貼られて、壁の大きな汚れを上手く隠している。

女優はこちらに向かってにこやかに笑いかけ、酒を勧めている。酒の銘柄の印刷の所に、蝿のフンが点々とシミになって残っている。おそらく彼は、尻を振りながらここまで登り、そして、ここから飛び立ったものと思われる。

小母はコップに二杯目の水を注いだ。こぼれるほど注ぐと、それも一口飲んだだけで、

残りは土間に投げ捨てた。

それから、腹を決めたようにカウンターの方へ向きなおると、小柄な身体をいっぱいに伸ばして棚の上段を探った。

目当ての物を探しあてると、引き寄せて蓋を開けた。蓋付きの小さな木箱だ。

中から百円札を二枚取りだすと、元の位置に戻した。

「前借りだからいいんだよ」と誰に言うともなく言って、札を四つ折りにきっちり畳むと、蝦蟇《がま》口の中にしまい込んだ。

(彼女が、用があると言ったのは、たったこれだけのことだった)

駅に向かって歩いた。昭和初めの風情の残る洋品店や、飲食店や、布団屋や、細々とした店が軒を連ねる。この辺りでこのぐらいの人通りなら、繁華街からかなり外れた小母たちの店には、いったいどれほどの客が流れていくのだろうかと気になった。

小路の隅々には、生ごみの饐《す》えた臭い、トイレの臭いが溜まっている。そうした路地裏から初老の酔っ払いが、ふらふらと覚束ない足取りで出てくると、小母に気付いて目を止める。そうして、じっと見つめたまま近づいてくる。小母は知らない振りでいる。すれ違うまで目を離さずに見つめて、名残惜しそうに去っていった。同じような酔っ払いがまた一人……。

海沿いの映画館は、四方からの潮の香が、凝縮されたように強く鼻を突く。思っていた通り、映画はとっくに始まっていた。私たちは暗がりの中で席を探した。館内は、煙草とトイレの匂いが充満している。手垢に汚れ、湿ったビロードの椅子の背を伝って席に着いた。

小母は、可笑しいところに来ると、大声を上げて笑った。皆も同じように笑うのだが、何しろ彼女の声が一番大きい。気にしないつもりでいても、そのたびにその声に引き戻される。何とも興醒《きょうざ》めだ。

小母は愉快だろうが、私はそうではない。どんな顔でいるのだろうと、暗がりの中、そっと窺うと、口をガッと開けて笑っている。開いた口の中に、金冠やらアマルガムで充填された上顎の歯がU字形に浮かんで、映像の光に合わせて点滅している。

映画館を出る頃には、日はすでに西に傾いていた。暗くなる前に家に着きたかったので、私たちは急ぐことにした。

小母は相変わらず、知らない小路から小路へと足を運んでいく。たぶん、家までの最短の距離を計算しながら歩いているのだろう。

裁判所の近くまでやってきた。

「あれっ？　合田さんじゃないの」

突然、声を掛けられた。

建てこんだ低い家並みの中に、一軒だけ窓の開いた家がある。そこから、襟の大きく開いた濃いピンクの服を着た三十ほどの若い女が、にこやかに笑いながらこちらを見ている。大柄な、ふっくらとした体つきに愛嬌のある顔立ちをしている。

小母は眉を顰《ひそ》めた。彼女が誰なのかわからないのだ。

ややあって、

「おやまあ、ここがあんたの家かい」

「そうだよ。私の家だよ」

「意外と近くだろ。店とは十分と離れていないよ」

それから、首を傾げ、私を見ると、

「どこの子だい？」

「親戚の子だよ」「ふうん」訊いた割には、興味がなさそうだった。

「上がっていって、と言いたいんだけれど」と含み笑いで、

「今日はさ、亭主が非番でさ」と後ろを振り向き、甘えのかかった声で言った。

辺りの景色が次第に赤みがかり、付近の家の白壁をうっすら赤く染めだした。

玄関の脇に簡易な白い柵が廻してあり、その先に青とピンクの幼児用のズック靴が一足ずつ干してある。

「今度さあ、亭主が留守の時にでも、遊びに来てよォ」

と人懐こい顔を見せて言った。

彼女は、とても若く十分幸せそうに見えた。

小母は、気圧《けお》されたように顔を歪めると、

「あら、ありがとね」とにこりともせずに言って、

「すまないね。今日はちょっと急ぐもんで」と、私の手を引くと、足早に歩きだした。

私の目の隅に、女のどこか釈然《しゃくぜん》としない顔が残った。

私は、親戚の子と言われたのが嬉しくて、小母の手をいっそう強く引いて歩いた。

少し行くと、立ちどまり、吐き捨てるように言った。

「ふん。いつだってあの厚化粧だもの。誰かと言われてわかるはずがないだろ」

「誰なの？」

「知らなくていいんだよ。店の近くのバーの女さ」

つまらなさそうに言った。

「学校だって、ろくに出ていないのさ」

その言い方からして、小母の中では、いまだ庁立の高等女学校出身という自負が、燦然《さんぜん》と輝いているのだと思った。小母が彼女の家に遊びに行くことは、まずないだろう、そんなふうにも思った。

どう歩いてきたものか、私たちは、いつのまにか、来た時のあの新道とそっくりな路を歩いていた。

肉屋が見えた。付近は家が疎《まば》らで、肉屋も、最近開店したばかりといったふうだった。外はまだ明るいが、店内は、すべての蛍光灯がつき、明るく、清潔な印象だった。ショーケースの向こうから、四十ほどの若い店主が顔を上げた。

「らっしゃい」言いながら、包丁の手入れをしている。

「肉を少しばかり欲しいのだけれど」「へい」

「豚の上、四百ね」

『あれっ、ロース肉じゃなかった？』振り返って小母を見た。が、彼女は気付かなかったようだ。

「へい。豚上、四百」

店主は軽快な身のこなしで、横に置いた経木《きょうぎ》を一枚引き抜き、肉を手掴みでバットから取り上げると、秤に乗せた。

針がぐらりと揺れ、四百ぎりぎりで止まった。彼は、小母の方にちらりと視線を送ると、これからもご贔屓《ひいき》にというつもりなのだろう、薄切れの肉を二枚、余分に足した。

……四百三十五グラム。

秤から下ろすと、手際よく回転させ紐を掛ける。

「屑肉はあった？」小母が言った。

屑肉とは、筋などの混じった売り物にならない肉のことだ。普通は犬猫の餌用になる。

店主の手が一瞬止まって、上目づかいにじっとこちらを見た。

「えーっと……。あるにはありますが……」

「じゃあ、それも四百」

「四百……はてと、……そんなにあったかなあ」店主は少し動揺したように言うと、それでも急いで、後ろにある大きなステンレスの冷蔵庫を開けに行った。

一塊のビニール袋に入れた肉を手に戻ってくると、秤に載せた。

「三百、ええっと……三百五十ってとこですかね」

「そう。いいわ。それも貰うわ。で、その肉を二つに分けて、こっちも二つに分けて、包みを二つ作って欲しいんだけれど」

「えっ？　どうするんですって」と面食らった顔で言う。

「だから、上肉二百に屑肉二百、それを二包み作ってくれればいいのさ」

「えっと、……」話がよく飲み込めない、店主はそんな顔をした。

「だから、二百と二百の四百、それが二つできればいいんだよ」

「ええっと、こうですかい？」

「そうそう」

話が変になってきた。母はロース肉を買うように言ったはずだ。小母は何か勘違いをしているのだろうか。

「それで」と、小母は続けた。

「それを一つずつ混ぜて欲しいんだよ。ごちゃごちゃに」

「えっ？　どうするんですって」言っている意味がわからない、彼は困惑した顔をこちらに向けた。

「だから」と、小母は「こんなふうに……こうかき混ぜて」胸元で手を捏《こ》ねてみせた。「えと……、こう……ですかい？」あきらかに、店主は機嫌を損《そこ》ねたようだった。

「もっとさね。こう、ぐちゃぐちゃに」

店主は、無言で、肉の中に指を突き入れると、一回、二回と捏ねまわし始めた。

「もっと、もっと」

あとは自棄《やけ》のように続けている。

「それでいいわ。で、おいくら？」

彼は上肉の値段を言った。

「屑肉の方は？」

「サービスさせて頂きますよ」不機嫌に言った。

「あら、そう、悪いわね」

言ったが、十分当てにしていた顔だった。

「うちが入れるのは、十分吟味した上等の肉なんですがね」

肉を包みながら、店主は言った。

小母は聞こえなかったという顔でいる。

釣銭を蝦蟇口にしまい、二人で店の入り口に立った。

真正面から西日がまっすぐに差し込んでいる。眩しくて目が開けられないほどだ。

店を出るには出たが、後ろに、いつまでも店主の呆れた顔が残るようで、良い気持ちがしなかった。

どうしてロース肉を買わなかったのか、何故肉を二つに分けたのか、わからなかった。『家の肉を買ったのではないのかも』無理にもそう思い直して、私はまた彼女の後ろに付いて歩きだした。

夕日が家々の西向きの窓を赤く染め上げた。路上に二人の影が細長く伸びている。

何となく小母は変わったと思う。以前なら、ちょっとしたことでも明るく屈託なく笑ったものだが、近頃はそんなこともなく、ぎすぎすとした白けた態度が目立つようになった。

二股路にやってきた。ここに来るまでで、一番広い別れ路だった。

小母が言った。

「ここからは一人で帰れるよ」

『えっ？』驚いて小母を見た。今、何と言ったのか。聞き違いだったのだろうか。

『どうして？』

まるでアッパーカットを一発食らった感じだった。ここまで来て、いったいどうしたというのだろう。

それから、私を見ると、ぶっきらぼうに言った。

「用があるから」

そんな話は聞いていない。これから家に帰って、三人で夕食をとるはずだった。母もそのつもりで待っているのだ。

『用があるだって？　いつからそう考えていたの？』

私が困惑するのを、十分承知した顔だったが、何も言わない。かえって、私を窮地に追い込んだのを、面白がるといった、意地の悪い様子だった。呆気にとられていると、

「だからさ」と、広い方の路を顎でしゃくった。

「一人でお帰り。ここをまっすぐ行くと、じきさね」

冷ややかな目でじっと見つめた。

「これはお釣り。それと肉さね」と、持っていた肉の一方を押しつけてよこした。(それで、ようやくこの肉が我が家の分なのだとはっきりわかった)

彼女は、もう一つの肉を手に、別な路をすたすた歩き出した。五、六メートルも進んだところで一度振り返ると、まだ同じ場所で呆然としている私に、

「暗くなるから、早くお帰り」と言い、あとは振り向きもせず去っていった。

その後ろ姿をぼんやり見送った。

何か気に障るようなことでもしたのだろうか、言ったのだろうか、わからない。でも、彼女のこの突然の変わりようは何なのだろう。気紛れというのではない。それにあの目だ。何だってあんな冷ややかな目で私を見たのだろう。

今まで小母とは、ずっと上手くやってきたつもりだった。それが、何だって今になって、まるで見ず知らずの他人でも見るような冷たい目で見たのだろう。何も思い当たることはなかった。

嫌われたのだと思うと、全身汗ばむような不安でいっぱいになった。

何故だろう。どうしたことだろう。いったい何が彼女の気に障ったというのだろう。

すっかり見放された気持ちで、コンクリートの白々とした路面に目を落としたまま、じっと長い間、考え続けた。

そしてある時、不意に、目が覚めたように合点がいった。そうか、そういうことだったのか、と。

つまり、これまでの私の小母への信頼や傾慕は、私からの一方的なもので、彼女の方では、別にそれをどうとも思っていなかったのだと。

小母は、その時その場に合わせて、私を方便に使っていただけだったのだ。

私たちの間には、そもそもはじめから信頼関係などなかったということなのだ。利用できないところでは、ただの他人ということだったのだ。いつもそんなふうに私を見ていたのだ。

これまで私は、周囲の誰よりも、小母が一番私を理解してくれていると思っていた。

——父よりも、母よりも。

だが、実際の彼女のこの仕打ちはいったい何なのだろう。

彼女への信頼がいちどきに崩れ落ちた。

と同時に、自分を見失った気にもなった。自己嫌悪にも似た惨めな気持ちだった。言いようのない悲しさがどっと押し寄せてきた。

無性に寂しかった。

私は自分に言ってみる。所詮《しょせん》、小母は余所の人なのだ。母とは違うのだ。同じように考えてはいけない。

そう思ってみると、今まで母に対していた態度に、ずいぶん欠けているところがあったように思われてきた。

なにしろ私は、時には、母よりも、小母の方にいっそう親しさを感じることさえあったのだから。

今まで、母がそれと気付いて、寂しく思ったことはなかったろうか。今となっては、それがずいぶんと悔やまれる。

私に、小母に可愛がられているという自信や甘えがあったのかもしれない。

彼女は彼女なのだ。私の信頼など必要としていたわけでも何でもなかった。

それぞれの人の持つ、領域というか、間柄というか、互いに許容し合える距離感というものが未だに掴めない。

どれほど、相手の領域に踏みいって良いものなのか、それがわからないでいる。自分が勝手に懐《なつ》いていただけだ、何も小母が裏切った訳ではない。そう考えた。

薄暗い部屋で一人待っているだろう、母を想った。

どんな時にでも、自分を受け入れてくれるものが、まだそこにはあると思った。

『早く帰ろう』

すでに夕暮れが迫っていた。空では、黒く棚引く雲間から金色と濃い橙色の光が零《こぼ》れ、段だら模様を描きながら、刻々と色を変えていた。

私は急かされるようにいきなり走りだした。

前方を見据えながら、懸命に走った。今、自分がどこにいるのかさえまるでわからなかった。ただ鼻を向けられた馬のように、教えられた路を懸命に走り続けた。

けれども、どれほど前方に目を凝らしても、見覚えのある建物などどこにも見えなかった。

心細さが募ってきた。悲しくなった。

その間にも、日はどんどん暮れていき、西の空にわずかに覗いていた残照も、家々の後方に沈んでしまうと、辺りはもう暗青色を含んだ薄墨色に変わっていた。物の影が見分けられるうちに、何としても家に着かなければと思った。周囲を見渡す余裕などどこにもなかった。ただまっすぐ前方だけ睨んで、ひたすら走り続けた。

けれども、行けども、行けども、見覚えのない景色ばかりが現れてくる。そのたびに、本当にこの道でいいのだろうか、不安が脳裏を掠めていった。

そのうち、掌の肉から、生暖かい汁が指を伝って垂れてきた。服を汚すと困るので、走りながら袖をまくった。乾いてくると、そこが無性に痒《かゆ》くなる。が、掻きたくてもそれどころではなかった。

どれほど走ったものだろう。やがて、いっそう暗さの増した夕闇の中に、湯屋の高い煙突と、隣り合う五階建ての松川アパートが、薄くぼんやりと黒いシルエットになって浮かび上がるのが見えた。それとわかると、ほっとして思わず涙ぐみそうになった。

肉汁がぽたりぽたりと地面に垂れ落ちる。

小間物屋の角を曲がると、やっと見慣れた町の一角へと出た。日が暮れて、すでに歩く人影は見当たらなかった。小路の家々から夕餉《ゆうげ》の匂いがしてくる。

突然、夕暮れのしじまの中を劈《つんざ》くように、豆腐屋のラッパの音が鳴り響いた。

彼もまた、帰る路の途中なのか。濃い藍色の空の高みに向かって鳴り渡るその音色は、どこか物悲しく、いっそうの郷愁を帯びて、心に沁みてきた。

雑貨屋の、開け放された戸口から黄色い電灯の光が漏れている。奥で、おかみさんが勘定台に寄りかかって、客と話し込んでいるのが見えた。

家に着いた時には、辺りはすでに真っ暗になっていた。

勢いよく戸を開けた。

「ずいぶん遅かったのねえ」待ちかねたように母が言った。

「うん」

「だってもう七時半よ」

最初の上映時間に間に合わなかったのだと言った。

そのまま台所に走った。

「あら、小母ちゃんは？」

「用があるって、帰ったよ」

「えっ？　どうして？」言って、「じゃあ、こんな時間、一人で帰ってきたというの？」

「送ってはくれなかったの？」「酷《ひど》いのねえ」と憤慨している。

蛇口を開けて手を洗った。

「どうして？　出かける時には、そんなこと言ってなかったわよねえ。何故急にそうなったわけ？」

と、納得のいかない様子で、

「用があるって初めから言っていた？」

「ううん。言ってなかった」私は言った。

遅くなったので、肉は味噌汁にした。玉葱と豆腐と、最後に肉を経木から返すようにしてドボンと入れた。菜箸でほぐして味噌を入れた。膳を母の所に運んでいく。

食事の途中で、母が言いだした。

「検って……読める……」

「ん？」

見ると、肉を灯りの方へ向け透かしている。

「ねえ、直、なあに？　これ」

「えっ？」

「えっ、じゃないわ。酷いお肉よ。これがロースだって言うの？　筋はあるし、ほら見て、これなんて筋ばっかり」

「それに、これは検定の判じゃなくて？　それにこの硬さは何？　まるでゴムでも齧《かじ》っているみたい」

　言われて、実はこうこうこうだったと話したくもなったが、これまでいろいろ考えたせいで疲れたのか、面倒臭くなった。

「どこのお肉屋さんで買ったの？　その時、小母ちゃんも一緒だった？」

　黙っていると、

「変よねえ」母は言った。

「小母ちゃんが一緒で、こんな肉をよこすはずがないわ。これがロース肉ですって？」

と、しばらく肉を見ていたが、その間に、小母はその時、私と一緒ではなかった、と判断したようだった。私が一人で買ってきたのだと。

「子供だと思って、何も知らないと思ったのね。酷い店だわ。馬鹿にしてるわ」

言うと、箸を持ち上げて、皿の上に良い肉とそうでない肉を分け始めた。

「ほら、ごらんなさい、こうよ」

と、いまいち話に乗ってこない私に向かって言った。相手の為すがまま、気付かずに買ってきた私を、一割強ぐらい責めているのかもしれない。

「お父さんが戻ったら、文句を言いに行ってもらうわ。ねえ、こんなことってあるかしら。直子、どこの店だったか覚えてる？」

初めて入った店だったから、と私は言った。それにこんなことで、父が、わざわざあの店に出掛けていって文句を言うことなどあるはずがないと思った。

母は身体が利かない分、いつも損な思いばかりしている。

これであの肉屋の店主は、すっかり悪者になってしまった。

本当のことを言おうかどうか、迷っていると、

「いいわ。でも、もう二度とそのお店に行っちゃ駄目よ」と諭すように言った。

この母の一言で、この件は、小母が取り立てて悪く思われることもなく、このまま有耶《うや》無耶《むや》になるだろうと思って、あえて弁解はしなかった。でも、何故、今になってもまだ小母を庇おうという気持ちが働くのか、自分でもよくわからなかった。

それからしばらくの間、家では小母の話が出ることはなかった。あの日以来、小母が家に来ることはなかったから。

（十二）

私は中学の一年生になった。父は、そろそろ私の勉強も大変になるだろうと考えて、通いのお手伝いさんに来てもらうことにした。

初めにやってきたのは、亭主が市の交通局に勤めているという若い女の人だった。初対面の時に、八歳だという長男を先頭に三人の男の子を連れてきた。外で働くのはこれが初めてだと言う。

子供たちは初めこそおとなしく座っていたが、すぐに飽きて、母親が止めるのも聞かず、勝手に家の物に触るわ、駆け回るわで、ひと騒動起こして帰っていった。

半年も過ぎた頃、母が妙なことを言いだした。

私が学校に行っている間のことだ。

「それがね、一通り仕事が終わると、押入れの前に座り込んで、何かしているのよ。初めは、押入れの中を片付けてくれているのかと思っていたけれど、そのうち、肌着の良い物とか、新しい物が少しずつ無くなっていくのね」

「それに、来る時は手ぶらだったのに、帰りは包みを抱えて帰るのよ。変だと思わない？こんなこと言いたくはないのだけれど、家の物、黙って持っていっているんじゃないかしら？」

「きっと、お母さんには見えない、わからないと思っているのよ」と悔しそうだった。

彼女は、それから間もなくして辞めていった。

次に来たのは、七十を過ぎた女の人だった。新聞の求人欄を見たのだという。

奇縁というか、偶然というか、彼女は、六年前まで、父の故郷の隣村に住んでいたという。それがわかると、父はえらく乗り気で、即断で来てもらうことにした。

彼女は、七十近くになって後妻に入ったので、今の家族とは血の繋がりが何もないと言い、なので働けるうちは働いて、少しでも家族の生活を支えたいのだと言った。

彼女は骨太の頑丈な身体をしていて、力持ちで、素朴で、不器用だった。若い頃は、米俵を一度に二俵ずつ運んだというのが自慢だった。ごつごつとした大きな手は男のようで、その長い腕をぶんぶんふり回して働いていた。時々は母の側に座布団を置いて、話し相手にもなっていた。

食器もよく割っていた。

私が通う中学校には、給食がない。そのため、昼は弁当を持つか、近くの店で売られているパンを買いに行くより方法がない。が、パンは出費がかさむので、余程のことがない限り、家では弁当を持たせられた。

彼女が初めて作ってくれた弁当は、白飯に梅干が一個乗っただけのどん引き弁当だった。次の日は白飯の上に鮭が半切れ。

皆は弁当を蓋で隠して食べていたが、そういうことが嫌いな私は、堂々と蓋を開けて食べるので、皆がへええ、というように覗いていく。

だが、それも二週も続くとなると、さすがに挫《くじ》けてきた。もう少し何とかならないものかと母に言う。

「おかずが一品というのは、ちょっとねえ」母も言う。

「そうだよ。いくらなんでも貧し過ぎだよ」

それが伝わったものとみえ、翌日の弁当は、鮭が半切れ、梅干が一個乗ったものになった。(違うがね。もう少し何とかならんもんかい)

田舎で育った彼女には、白米だけでも立派な御馳走になるらしかった。

力仕事は得意だが、料理は苦手だった。

この間に、合田の小母が一度訪ねてきていたらしい。けれども、家に彼女がいて働いているのを見ると、来づらくなったのか、それを最後にぷっつりと来なくなった。

彼女は母と上手くやっていたらしい。父は、県人会の小旅行に、私と一緒に彼女を連れだしたりした。

そうして、互いに打ち解けてきたある日、母は雑談のなかで、何気なく、前に手伝いに来てくれた人が、こういう事情で辞めていったと話したらしい。

するとし、彼女は窪んだ眼を大きく見開いて、ぽかんと口を開けたまま、お国言葉で、

「へええ、そりゃあ、いかんがね」呆れたように言ったという。

「そうなのよ、まさかそんなことされるなんて、思ってもみなかったわ」

「本当に、人って、何を考えているのかわからないものだわ」母は言う。

本当に、人は何を考えているものかわからないものだ。

それから少しして、彼女もまた同様に、家の衣類を――ばかりではなく、食料品まで持ち出し始めたのだ。

それがわかって、結局、彼女も辞めることになったのだが、その時、先方に辞めさせら

れた理由を聞かれ、父が話すと、先方の嫁が言うには、持ち出した衣類や惣菜類は、母が持っていってと勧めたというのだった。

母から前の人の話を聞いて、彼女は、そのくらいのことならしても構わないと思ったのだろうか。

母が言いださなければ、素朴な彼女のこと、自分から思いつくことではなかったのかもしれない。

そんなこんなですっかり神経質になった母は、人が信じられない、もうこの家には知らない人間を入れて欲しくないと言った。自分も他人に対して疑う心が生まれる、そんなふうに人を見るのは嫌なのだと言った。

というわけで、私の生活は、以前のように、朝、弁当は自分で作り、学校から戻ると、夕飯の支度をし、雑用をするという元の生活に戻った。勉強の方は、無理にしなくても良いという免罪符《めんざいふ》を得た気持ちで、すっかり怠け癖がついてしまった。

（十三）

小母の話を再び聞いたのは、それから三年ほど経ってからのことだった。

その日、父が珍しく早く帰ってくると、母に、合田の小母が入院していると言った。

「入院？」

「ああ、ガンなのだそうだ。今日、見舞いに行ってきた」

四年前、母は祖母をガンで亡くしていた。

ガンと聞いて、内心穏やかではないのだろう。

「それで、具合はどうなんです？」押し殺した声で、急かすように言った。

「それが、あまり良くないらしい。見つかるのが遅すぎたようだ」

そのことを、小母は知っているのかと母は訊いた。自分の命がそう長くないことを、自身知っているのかということらしい。

「知っているようだったな」父は言い、

「その割には、淡々とした良い表情をしていた」

それが父には少し意外だったらしく、もう一度思い返す目になって、

「だが、やっぱりずいぶん痩せたなあ」と言うのだった。

あれほど固太りの張り切った身体だったのに、痩せてしまったなど、私にはまるで想像

がつかない。

「だからなあ」父は言って、腹の底から長嘆息すると、

「な、だからやっぱり、小父さんと別れなきゃよかったんだよ。人間、そうそう好いことに巡り合うことなどないんだ。いい思いができるものじゃないんだ。もしもそれらしく思えるものに出会ったら、手放さず、それを大事に守れということだよ」

父が守れと言っているのは、小母が小父と別れる以前の生活のことを指しているようだった。

「今までどうやって暮らしていたんだろう？」と、窓の遠くに目を遣ると、

「金があったら、もっと早くに病院にも行けただろうに。結局、自分の命まで縮めることになってしまったよ」

「それじゃあ」と母は父の話を遮《さえ》ぎると、言った。

「それじゃあ、今、小母さんの面倒を看てくれる人は、どなたかいらっしゃるんですか？」

母は、小母は今、身内や知り合いのなかで頼れる人もなく、孤立した状態だろうから、誰が小母の側に付いて面倒を看てくれるのか、それが気掛かりだったようだ。

と、一瞬、父の表情が緩んだ。

「それがさ、驚きなんだよ。いるんだよ。その人が」

「いったい、誰だと思う？」

と、勿体をつけて、母を見ると、

「それがさ、小父さんなんだよ」

聞いた途端、私の胸の中に、暖かな湯のようなものがいっぱいに込み上げてきて、溢れだしそうになった。

深い感動と安堵で、胸が詰まって何も言えなくなった。

「それだけじゃないんだ。今は、毎日来て、世話をしてくれるのだそうだ」

「でも、何故、それがわかったのかしら？」

「何が？」

「小母さんが、入院されているということ」

父は、それぞれ、というように頷いて、

「須田さんだよ、質屋の」

「彼女が、内緒で小父さんに知らせたんだ」

「このままでは、小母のためにならないと思ったのだろうな」

「良い友だちだよ。彼女も、二日に一度は見舞いに来てくれるそうだ」

ここに来るまでにも、彼女が、小母の最低限の生活を支えてきただろうことは、容易に想像がついた。

私は、座布団にちんまり座った、あのおっとりとした、お多福さんのような彼女の姿を思い浮かべた。

年中、彼女の着物から醸《かも》し出される、あの古い土蔵特有の香りを今も嗅ぐように思った。

「そりゃあさ」

父は言うと、箪笥《たんす》の方へ向かって歩き出した。

「人はいつかは死ぬのだし、小母がこれでいいと言うのなら（安らいだ表情でいたことを言っているらしい）、他人がどうのこうのと言うことじゃないが、それでもなあ、本心はまだもっと生きたい、と思っているに違いないんだ」

小父と小母の間で絡み合っていた糸の玉が、両端からそれぞれ順にほぐれ出した感があった。小母の死期が近づいた此の時になって、こうなってくれれば好いという、秀雄さんが(二人の心の中に、今もなお、思い思いに失われずに生きている)望んでいることと、無関係だとは言えない気がした。

　小母は、最低限、収まる所に収まれたのだ。生きることと死ぬこと、この広大な宇宙には、やはり、人知の及ばない縁《えにし》というものが存在しているのかもしれないと思った。

「小父さんと和解できて良かったよ」

　父は、やれやれというように、大きく息をついた。

「立ち入ったことを訊くようだが、と、小母に、どうして家を出たのか訊いてみたんだ。正直、答えてくれるとは思わなかったがね」

「話すには、あの頃は何もせず、ただ年を取っていくだけの生活が我慢できなかった。たった一度の人生なら、悔いのないように生きたい。同じ時間、何もせずだらだら生きるくらいなら、もう一度自分の人生に挑戦してみたいと思った、そう言うんだ。一度きりの人生、後悔はしたくない。年齢のことを考えると、できるのは今しかない、そう思うと、じっとしていられなくなったと言うんだ」

「そんなものかなあ」U首シャツから、頭を突き出しながら言った。

「たったそれだけのことで、別居まで言いだすものか？」振り返って、母に訊いている。

母は黙ったままだ。

縁先から、そよそよと柔らかな風が吹いてきて、次の間にいた私の所まで流れ込んできた。

母は、布団の上に両腕を投げ出したまま黙っている。

「なにも別居までしなくても、やりたいことはできるだろうが」

「習い事、旅行、二人で海外に出かけたっていいだろうさ」

「何分、根が勝気だからなあ。言い出したら聞かないんだ」

言って、再び長い嘆息を漏らした。

それを聞くと、小母は、もうたいして長くは生きられないのだろうと思った。

悲しさが込み上げてきた。

不意に、父が顔を上げた。私と目が合った。父はもう普段の顔に戻っていた。

私が話を聞いていたらしいことに気付くと、そうだ、思い出したぞ、というように、

「直ちゃんは、元気でやっていますかって、言ってたぞ」と言った。

ハッとさせられた。こんな時、こんな胸を突く言葉もないものだ。

思わず涙ぐみそうになって、まだ日差しの残る庭に目を遣った。

日が暖かく鶏小屋を照らしている。

屋根を覆った葡萄の葉陰に、緑色の房状の小果がいくつか垂れ下がっているのが見える。

鶏小屋の外壁に、一抱えの木材が放置され、立て掛けてある。

この少し前、私が腰掛けを作ろうと、木材を切り、溝をつけ、あとは組み立てるまでにしていたのを、父がどう興味を持ったものか、知らない間に、滅茶苦茶に釘を打ち、ぶち壊した代物だった。

父はいまだに、小母が家を出た理由をわかりかねている。

「そんなものかなあ……」

小母を激しく駆り立てたというその理由が、この物事を安易に片付けてしまう非生産的な父に、果たして伝わるものかどうか、はなはだ疑問だ、私は鶏小屋の前に打ち捨てられた木材に、目を遣りながら思った。

先程から、父は私から目を離さずにいる。

私が見舞いに行きたいと言ったら、連れていってやろうという顔だ。

けれども、私はじっと庭を見つめたままでいた。

やがて、父は、そうか、というように私から目を離すと、母に一言、二言、何か言って、雑誌を抱えたまま向こうに行ってしまった。

それでも私は、まだ頑《かたく》なに庭を見続けていた。

もしもこの時、父がもう一言、行くべきじゃないのかと言っていたら、——たぶん行っていただろう。それが世話になった小母への礼儀だと思うからだ。

小母が、まだ私を気に掛けていたとは不思議だ。(あれからもう五年の歳月が過ぎていた)

おそらく小母は、父との面会時間に、何も話すことが無《な》くなって、父との間で関連のあること、つまり私を引き合いに出してきたのだろう。世の中なんてこんなものだ。ここでも私は方便に使われたのだ。ただそれだけのことだ。

とはいえ、それだけでもないんじゃないかという気も少しはした。

が、あえて無視した。何も期待するほどのことじゃない、ということだ。

父は、私と小母がどんな別れ方をしたのか知らない。上手くやっていた昔のことしか知らない。

結局、見舞いに行くと言いだせる時間を、そんなことを考えて、失くしてしまった。

……それでも、もう一押し、父が行くべきだと言っていたら——私は出かけていただろう、そう思う。


だが、あの時見せた、あの、私を拒絶した冷ややかな視線を思い返すと、素直に、行くとは言いだせなかった。

世間的には、父の考える方が正しいのだろうと思いながら、それに従っては、自分自身というものが何処にいるのかわからなくなる、そんな思いだった。

この頑固さも自分という人間なのだと納得するしかなかった。


これはずっと後になってからのことだが、あの時、小母が私に向けたあの冷たい視線は、何も私を嫌ってのことではなく、言ってみれば、小さな罪悪感とか惨めさから、自分を守るための開き直りのようなものだったのではないか、と思うようになった。

そのため、私は何もそこに自分を投影して、悩んだり、自分を見失うほど落ち込んだりすることなどなく、本当は、もっと単純なことだったのだと、今更ながら、思うのだった。

あの時……小母はどうしても肉を食べたかったのだ。肉を腹いっぱい食べて、少しでも体力をつけなければ、と思ったのだ。いい機会だった。この機を逃がすと、いつまた肉など口にできるかわからない。背に腹は代えられない。ここで、栄養のつくものをしっかり摂っておかなくては身体が持たない、と彼女なりの切羽詰まった事情があったのではなかったかと。

当時の小母は、そのわずかな肉さえ買えないほど、暮らしに困っていたのではないだろうか。

そう思うと、あの勝ち気な小母が、母に気付かれないよう、屑肉を混ぜ量目を増やし、釣り銭を浮かせて、大事に抱え持ち去った後ろ姿が、なんとも切なく思い返されてくるのだった。

その年の晩秋、小母は六十三年の生涯を閉じた。

葬儀委員長を務める父は、五時から葬儀だと言い、いつもより早めに帰宅すると、喪服に着替え、数珠だの、腕章だの、弔文だのを上着やズボンのポケットに押し込んで、慌ただしく出かけていった。

父が出ていくと、家の中は急にひっそりと静かになった。

母は、何かをしようという気も起きないようで、丹前の中に肩をすっぽり入れたまま、床の間側の天井をじっと見上げ、身動き一つしないでいた。


障子を開けて、縁先へ出た。

母が寝付いてから、手入れのされなくなった庭は、それでも季節が巡ってくると、植えっぱなしの球根や宿根草が細々と花をつける。今は季節も一巡して、咲く花もないが、それでも庭の奥、大根の干し台の下に、オレンジ、白、ピンクの大輪のダリアが咲き残っていた。もう何度かの霜に遭い、花冠は重たげに垂れてはいたが、花弁は密に整っていて、まだ数回の霜に遭っても耐えられそうな風情だった。

小母は最後に自分の人生を振り返り、『これで良し』としたのだろうか。心の底で、そう納得している自分を見つけたのだろか。そうあってほしいものだ、と思う。

いつか小母は、母のことをお嬢さんだと言ったものだが、そういう彼女はどうだったのだろう。

ふざけて家中私を追いかけ回したこと、机に向かっているとちょっかいをかけていくこと、教科書を読んでいると真似て、横から浪曲まがいの妙な節をつけ、大声で謡うこと……。あの天真爛漫《てんしんらんまん》さは、やはり彼女ならではのものではなかったろうか。

根が明るく、面倒見がよい小母は、人をもてなしたり、引き立てるのが上手だった。彼女が真に彼女らしく活躍できる場所は、あの場所よりほかになかったのだろうか、あの時代では。

葬儀はすでに始まっている頃だった。

式が済んでみれば、善い式だった、父は立派な挨拶をしてくれたと皆に感謝されることだろう。

世の中は、そんな約束事で、繋がりあうことで十分らしい。

そうして、時は、様々なことを呑み込んで、何事もなく去っていくのだ。さながら風が過ぎ去るように……。

風が吹いてきた。

辺りはすでに暗くなっていた。

「寒いからもう閉めなさい」

奥から母の声がした。風が冷たくなっている。

戸に手を伸ばしたものの、指がかじかんで思うように動かなかった。

最後に、見届けるつもりで、庭の奥に目を遣った。

ダリアの花々は、もうすでに夕闇に紛れこんで一層白み、その色彩も、形も、その位置でさえ定かではなくなっていた。

小母が教えてくれたことはたくさんある。

目を閉じると、薄闇の中、遥かに続く一筋の道を、ひっつめに結った頭を小さく揺らしながら、せわしく歩いて遠ざかっていくその後ろ姿が、ぼんやり浮かんで見えるようである。


（平成三十一年）

雪の夜に

「菅《すが》さんどうです、帰りに蕎麦でも」

そう声をかけてきたのは、コーチの中田範夫《のりお》先生だ。

振り返った菅野に、上背のある大きな身体を寒そうにすくめると、

「大声を出していたら、すっかり冷えちゃって」

とネットを丸め、ベースマットを重ねながら言っている。

冷えていたのは菅野も同じだ。

町内のグランドでの小学生を対象にした野球練習の終了後。

菅野の本業は金物店の主だが、こうして週に五回、彼らの放課後、監督としてグランドに立つ。もう二十年以上も続けているベテラン監督である。

近頃は日の暮れが早い。三時半ともなれば、日は落ち、それからはどんどんと暗くなる。照明の設備のないグランドは、この時期、わずかな時間しか練習ができない。

一昨日はとうとう初雪まで降った。

そろそろ今年の外での練習も、打ち切る時期が迫ってきている。

「いい店があるんです、近くに。腹も減ったことだし、行ってみませんか?」

すでに子供たちの去ったグランドは、閑散としていて、余計寒さが沁《し》みてくるようだ。広いグランドの方々で、風が土煙を上げては小さな渦を巻いている。

二人はグランドの出入口を照らす街路灯のある方へ歩いていった。

寒風に晒《さら》されて、中田の鼻が赤くなっている。

「へえ、この近くにね、それは知らなかったね」

先程まで、大声を張り上げていたせいばかりではない、話す菅野も嗄《しわが》れ声だ。

菅野は、腕時計をはめた方の手を街路灯に翳《かざ》してみせると、

「だが、まだ五時前だよ、今から行って開いているかい?」

「今から支度をすると、ちょうどいい頃ですよ。帰りはお送りしますから、行きましょうよ」

二人は、駐車場にポツンと一台だけとり残されたように置かれている、中田の小型車の方へ歩いていった。

車が置かれていたのは、三本並んだ大きな垂《しだ》れ柳の下。

わずか二時間ほど停めていただけだったが、いつの間にか車の周りや歩道には、乾ききった細長い豆の空莢《からざや》のような落葉がびっしりと敷き詰められている。

それだけではない、新たに風が吹きつけるたび、何十といった朽ち葉がカラカラと音を立てながら頭上から降り注いでくる。


表通りから二十間ほど入り込んだ、建てこんだ住宅街の中に、突然、赤やら緑やら紫やらのネオンサインを浮かべた煌《きら》びやかな電光板が現れた。

〝出前迅速〟〝かけそば〟〝当店一番人気・てんぷらそば〟……そうした文字が繰り返しボードに現れては消えていく。

店の前に車が止まると、菅野はまずその店構えに気がそがれた。

『おやおや、これじゃ、まるでラーメン屋だな』

『蕎麦屋といったら、和風の造りで、引き戸があって店先には暖簾《のれん》が掛かっている――それが普通ってものだろうが。俺はそういう方が好きだがなあ、のっさんは、若いから気にしないだろうが』

『以前、こんな店に入ったら、天婦羅をラードで揚げて出す店があったりしてな』

青い建物に赤く塗った引き戸、店の主のこの好みが蕎麦の味にまで及んでいなけりゃいいが、菅野は思った。

『若者向けの店か……こりゃあ、あまり期待しない方が良さそうだ』

戸を開けると、

「いらっしゃいませ」

中から弾んだ女の声がした。

「どうぞ、奥が空いてますから、奥へ」と言う。

四十そこその若い女性だ。どうやら彼女がここのおかみさんとみえる。

入ると、煮詰まった蕎麦つゆの匂いがつんとくる。

目の前にカウンターがあり、その向こう側には明るい色の細い格子《こうし》が付いており、どうやらそこが厨房《ちゅうぼう》になっているらしい。湯気がもうもうと立ち込めていて、奥の方はまるで見ることができない。時折、湯気の切れ間から、黒い人影が忙し気に動くだけだ。

店内はそう広くない。テーブルが三つの十二席、カウンターには八席あるだけだ。

この時刻でもすでに五人の客がいる。これは、のっさんの言う通り、案外うまい店なのかもしれない。『期待してもいいのかな』

案内されるまま、二人はカウンターの奥に向かった。

先にいる中年の男性客に軽く会釈《えしゃく》をして、隣の席に腰を下ろした。

「俺はタヌキでいいや」

出てきた熱いおしぼりを顔に当てながら菅野は言った。

娘がこれを見たら、またオッサン臭いと叱るだろうな、そんな思いがちらと脳裏を掠《かす》めた。

「タヌキ一丁、天麩羅一丁」

奥へ向かって、おかみさんの威勢のいい声が飛ぶ。

「来年は、地区のベスト4まではいきたいものですね」

菅野の方に顔を向けると、中田は言った。彼はまだ三十前だが、前頭部の生え際が早くも後退し始めている。

『そうだな……ベスト4か……』

菅野もつられてその可能性を考え始める。強豪の相手チームを二、三思い浮かべ、彼らの弱点はどこなのかと考えてみた。

ところが、中田の話はそこまでである。カウンターに置かれた、灰皿の中のマッチを手に取ると、かさかさと軽く揺すりながら、黙って店の奥を眺めている。彼の位置からとて、湯気の向こうは何も見えないはずである。

「今日は朝から憂鬱《ゆううつ》でしてね、何だかこのまま帰る気がしなくて」と、中田。

「菅さんに話したら、少しは気が晴れるかと」

「何かあったのか？」

日焼けした顔を曇らせて、菅野は訊《たず》ねた。

「いえね、僕が直接どうのというんじゃないんですが。実は、昨日、帰宅途中、海岸道路を走っていたら、向こうから大きな犬が車道すれすれにやってきたんです。肋骨の浮き出た骨と皮だけのよれよれの老犬です。老いたせいで、最近にでも飼い主に捨てられたのでしょう。もう長い間、何も食べていない、それに目もよく見えないようで、虚《うつ》ろな顔でまるで風に押されるように、フラフラ、今にも車道に踏み出しそうになりながら、歩いてくるんです」

「オイ、オイ、こんな所を歩いていちゃ駄目だ、こんな所をうろうろしていたら、じきに轢《ひ》れちまうぞ、さっさと裏道に回るんだ。そっちの方を行くんだ。そう思っていたら、今朝、案の定、轢かれていましてね」

「可哀想に、それは酷《むご》いものでしたよ。路面に転がった体軀《からだ》は、口を半開きにして苦悶の形相です。それだけならまだしも、まるでたくさんの不幸に打ち拉《ひし》がれたような、哀し気な目が、恨めしそうにこっちを見てるんです」

「思わず考えたものです。やれ、やれ、奴さんも、生きてきて、良いことの一つや二つはあっただろうが、これなら、まるで帳消しじゃないかって、いいや、帳消しどころか、マイナスだったんじゃないかってね。これじゃあ、まるきり救われやしないな、と。果たしてこの世に生まれてきて、幸せだったのだろうかと考えて、何か、胸が潰《つぶ》れる思いでした」

「すると、その時、どこかの路地からか、一人のお婆さんが現れたんです。犬の横にしゃがみこむと、手を合わせ、彼のためにじっと祈ってやると、抱えていた毛布を広げ、さっとくるんで、引きずるように向こうに運んでいってくれたんです。見たところ、小柄な人でしたから、犬は結構な重さだったと思います」

「いやあ、ほっとしました。有り難い、これで彼も少しは浮かばれる、そうですよね。なんて立派な人だろうと思いました。僕なんかにはとても真似のできないことです。そんな勇気などありませんよ。あの犬に近づくことさえ無理な話でした」

「きっと、いろいろな人生経験を積んできたからこそ、ああした行《おこな》いが自然にできるんでしょうね、何か感動してしまいました」

「今朝、授業を始める前に、この話を子供たちにして聞かせたんです。命の大切さを考える好い機会だと思いましてね。すると、どうです、話が終わると、シーンと静まりかえった教室の中から、一人の男の子が、大声で、『ざまあみろ』と言ったのです」

「これがこの話の感想ですか？　僕はびっくりしてしまい、すっかりうろたえて怒りだしてしまいました。そんなことを言っているのではない、その犬は、君が何か困るようなことをしたのか、君に何か危害を加えるようなことをしたのか、とかなんとか……」

「後になって、ああ、あの時、あの子に、もっときちんと説明してやるべきだった、わかるようにきちんとね。あの子もどんなつもりで言ったものか、聞いてやるべきだった。もしかしたら、彼自身、何か問題を抱えて悩んでいたのかもしれない。それで話に焦れて、ああ言ったのかもしれない。もっと彼の話も聞いてやるべきだったのでは、と。……それが教育ってものですよね」

「いい機会を逸《いっ》したというわけです。だが、そんな細かいところに時間を割《さ》いておれないのも、今の教育の現状です」

聞いていた菅野の脳裏に、その時、鮮明に、ある一つの記憶が浮かび上がってきた。

「でも……」

と、中田は、マッチ箱をカウンターの灰皿に戻すと黙ってしまった。後はただ、店内の暖気に包まれ、その心地よさにじっと身を委《ゆだ》ねているという様子で。

ややあって、

「そうです、そうです」

彼は急に声を上げげると言った。

「やはり、明日あの子を呼んで、もう一度話してみることにしましょう」

「うん、俺もそれがいいと思うな」

と菅野は言って、

「のっさんも、そうして、一つ一つ経験を積んでいるんだなぁ」

「タヌキ蕎麦のお客様、天麩羅蕎麦のお客様」間近におかみさんの甲高い声がして、湯気の立った丼が二つ、目の前に置かれた。

背後で、ガラガラと戸の開く音がした。

おかみさんは素早くそちらへ顔を向けると、「らっしゃいませ」

とやはり弾んだ声で言った。

少しの間、二人の後ろで、椅子のがたつく音と軋《きし》む音がして、客が入れ替わったらしく、

「寒いはずだよ、また降ってきたよ」

と、気さくな調子でおかみさんに声をかける男の声が聞こえた。

「実は……、これは知人から聞いた話。今の話で思い出したよ。だが、こっちは犬じゃなくて猫」

あちち、あち、あちと言いながら、中田は丼を手許《てもと》に引き寄せた。

「大粒の雪が、柔らかにしんしんと降り積むある夜更け、帰宅途中に、知人は一匹の猫を撥《は》ねてしまったのだそうだ。降り積もった雪と同じ、真っ白の年寄りの野良猫をね。その時、彼はほんの少し酒も入っていたらしい……」

「何故年寄りとわかったかって？　そりゃ、身体つきでわかったんだろ。え？　白い猫が新雪の中にしゃがみこんでいてだよ、果たして、すぐそれと見分けがつくものかい？　しかも真夜中にさ」

「野良猫？　真夜中にそんな所にいるってことは、そらぁ、野良猫に決まっているだろ」

「向こうも躱《かわ》せば間に合っただろうに、性《さが》というのだろうか、まるで逃げようとしない。こちらへ威嚇《いかく》するというか、立ち向かってくるというか……、大きく口を開けて……鳴いたらしい……瞬間、目の前を何か箱のような塊《かたまり》がボンと当たって横に素っ飛んだ……と、思った。それが、パニクる彼には、猫以上に大きなものだったように見えたと言うんだ。フロントガラスに一条、黒い跡が残った……。それが何なのか……血なのか……ただの汚れなのか」

「だが、それらは何もかも一瞬の出来事だった。昼間ならそれもわかるのだろうが……」

「で、恐ろしくなって、……逃げ出した」

「えっ？　逃げたんですか？」

と、中田は若者らしく、詰《なじ》るような口調になって言った。

「ああ」

「だって、そうだろ。何といっても、自分の手で生き物を殺したんだぞ。……おそらく……、なのだろうが、実際、我が身に起きてみなければわからない恐怖だろうさ」

「途中、運転しながらも、その時の情景が繰り返し脳裏に浮かんでくる……赤い口を開けてミャーアと鳴いた……いや、実際、車の中まで声が聞こえてくるはずはないんだが。口がこう、裂けるように大きく開いて、ここまで戻ってこいと呼ぶ声が、絶えず耳元で聞こえるような気がする……」

「戻って確かめたくても怖くてさ。それができないんだそうだ。もう酔いなんか一遍に醒《さ》めちゃってね」

「ようやく家に着いて、ほっとして駆け込むように中へ入ったら……驚いたと言うんだ」

「ほう」

中田は箸をとめると、菅野の横顔を脇からゆっくりと眺めた。

厨房の中、湯気の向こうに、黒い人影が忙しそうに立ち働いているのが見える。

「当時、彼には三歳の娘がいてね」

「その子がキッチンの灯《あか》りの下で、といっても豆球の灯りだ、一人ポツンと食卓についている。卓の上に削り節を広げて、それを噛みしめながら、白目を向けて、おかえり、と言うんだそうだ。その顔がまた、子供らしからぬ顔でね……」

「見た瞬間、背筋がゾクリとして、全身ざわざわと震えがきたそうだ。これはいったい何なんだ？」

「思わず、こんな時間に何をしてるんだって叱ると……泣きだしてね」

「彼の妻が出てきて、それが変なの、と言うのだそうだ。もうこうして一時間以上も、ぐだぐだ起きていると言う」

「この一時間という意味は……何かわかるだろ」

「猫を轢いてしまった頃の時間、ってことですよね」

「そう、いつものように寝ていたが、ある時、むっくりと起きだすと、何やら訳のわからぬことをぶつぶつ呟《つぶや》きながら、そこら中這いまわったり、でんぐり返しを繰り返したりするそうだ」

「そのうち、『ママ、ママ、あたしあれが欲しいの』と、キッチンへ引っ張っていって、食器棚の上の煎餅《せんべい》の缶を指す。あれをどうするつもりかと訊くと、あれが食べたいと言う。あれには削り節が入っていて、子供の食べる物ではないと言うのだが、どうしても、って言ってきかない。仕方なく下ろしてやると、この有様だと言うんだ。彼女は怪訝《けげん》な顔だ。何故突然、こんなものを食べたいって言い出したのか、しかも削り節は最近、容器を入れ替えたばかりなのに、どうしてこの子にそれがわかったのか、不思議だってね」

「なんだか気味の悪い話だなあ」

「だよな。で、彼は、いや実は、と、先程の話を彼女に聞かせようとした。だが、彼女は、途中で恐がりだして、終《しま》いまで話すなと言う。言うには、終いまで聞いてしまうと、家中がその猫の妖気に取り付かれてしまいそうだからと言う。それに……、何も猫は死んだとは限らない。ただ怪我をしただけだったかもしれない、もし生きているのなら助けたいと言いだして、これからそこへ戻ろうと言う。戻ろうと言い出すと、もうどうしてもと言い張るそうだよ」

「で、戻ったんですか？」

「戻ったそうだよ、だが、もうあれから二時間は経っていることになる。その間にも、雪は絶え間なく、しんしんと空の果てより、舞い降り続け、辺り一面何もかも覆い隠すように厚く降り積もっていく。辺りは静寂に包まれていて、物音一つしない。彼にはもうその場所がどこなのかさえわからない。二人で雪を除《の》けながら、付近を懸命に探すが、その形跡などもうどこにもない。まるで幻のごとくにね」

「その晩、娘は熱を出して、一晩中むずがっていたそうだ。二人は、ひきつけでも起こしたりしないかと、まんじりともせずに夜を明かしたそうだ」

「で、その後、どうなったんです？」

と、中田は先を急《せ》かせた。

「のっさんは、怨霊《おんりょう》とか、憑依《ひょうい》とかを信じる方かい？」

「翌日、早速、三人で厄払《やくはら》いに出かけたそうだ」

「それで？」

「それっきり。無事。何事もなかった、ということ」菅野は言った。

「そんなことって、あるものですか？」

中田は言って、ふうと大きく溜息をついた。


菅野の隣にいた中年の客が、食事を終えて立ち上がった。

彼が立ち退くと、左手の視界が開けて、菅野はその奥に小さな部屋があるのに気が付いた。普段は使用していない部屋らしく、灯りを落とした部屋は、全体に薄暗い。

中年の男は丸めたジャンパーを脇に抱え、ゆっくり店の入り口へ向かって進んでいった。レジの前で、ズボンのポケットから、小銭入れを取り出すと、釣銭を待って、待ち受け顔でその場に立った。

それを見るともなく目にしながら、菅野は、もうこの話は時効だな、別に隠すこともあるまい、実はこれは俺自身の体験なんだ、と白状したい気持ちが湧いてきた。

釣銭を受け取り、男は出ていった。

菅野は、新しく視界の開けた小部屋の方へぼんやりと目を移す。

部屋の隅には金属製の壺やら、竹で組んだ額に大きな扇子を掛けたもの、銅製の恵比寿様など、今は置き場に溢れた飾り物の類《たぐい》が一緒くたになって積まれている。

眺めていると、やはりその趣味が何とも野暮臭く思われてくる。『まあな、ほとんどが貰い物の類だろうから仕方がないか』

……そもそも怨霊など、この世にいるはずがない。詰まる所、己の心の弱さや後ろめたさが、そうした話をそれらしく創《つく》りあげてしまうのだ。まあ、己の戒《いまし》めにはなるだろうが……。所詮《しょせん》、作り話の世界なのだ。

……あの時は、たまたま偶然が重なっただけだった……あの時は……まったく……三人で大真面目にのこのこ出かけていって、御祓《おはらい》までしてもらったっけな……。

彼は口元を一方に曲げると、人知れず、皮肉っぽい笑みを浮かべた。

それから、漫然と隣の部屋に目を移した。

と、積んであった飾り物の奥の方から、じっとこちらを見ている、薄汚れた白い大きな招き猫に気が付くと、ドキリとした様子で、それきり口を噤《つぐ》んでしまった。

（平成十九年）

二人の娘

お気に入りの絵なるものをお持ちでしょうか。

それは、あくまで、ご自身が所持なさっているという意味ではなく、心の中に、例えば、穏やかな光の差し込む小部屋の椅子などに、深々と腰を下ろしながら、煙草をくゆらせ、あるいは熱い紅茶を手にしながら、あるひととき、ゆっくりと目を閉じて、思い浮かべる絵があるとすれば、いったいそれはどんな絵かとお尋ねしてみたいわけです。

モネ、セザンヌ、ルノワール等々、まず思い浮かべるのは、世界の巨匠の才気溢れる絵でしょうか。

私たちは、教育の過程の中に、美術という教科がありましたから、誰もがその教科書の中から、先に述べた著名な画家の絵を、一つや二つ思い浮かべることができるに違いありません。もちろん、そこには日本画もあり、近代・現代西洋画家の作品も数多く含まれるわけでありますが。

さらには、ふと立ち寄ったホテルやビルのロビーなどに、何気なく掛けられた一枚の絵、地方の美術館、客として招かれた家で心惹かれた一枚の絵、——地元の画家が故郷を丹念に描いたもの、または身内の遺品となった絵（これは気に入った絵というよりは、思い出深いというべきものかもしれませんが）、または、ご自身自ら描かれた絵等々。

つまりは、ご自身の心の中に潜在的に深くとどまっていて、ある時、（ほどよく心身が和らいだ時）思い描かれた一つの情景として浮かび上がってくる絵、しみじみと心癒《い》やすべく思い出される、一枚のそれなのであります。

もちろん、これほど多様な傾向の作品が溢れる現在の日常生活の中で、これのみ、ということはありますまい。

ましてや、人それぞれの鑑賞の姿勢においても、何かに触発されたいとか、描き手の感性に触れたいとか、その他にも、気分、時等々、様々な好みが考えられるわけでありま す。

だが、ここではそういった姿勢での鑑賞は傍らにおいて、先にも述べたような、ただご自身の心象風景とでもいった、そうした絵のことについて思い浮かべていただきたいと思うところであります。

さて、こうして皆さんにお聞きするのも、かくいう私自身、実際、深く印象に残る、一枚の絵があるからなのです。

確かに――どうというほどの絵ではないかもしれません。人によっては、つまらない、取るに足りない絵であるかもしれません。

それについて思い起こして、皆さんに話すほどの値打ちがある――という自信もありません。

しかし、まあ、ともかく、私が先程用意した、小さな部屋の劇場――机の上に数冊の本が無造作に置かれ、窓の外は風もなく、静かな和らいだ色合いの澄んだ空があり、下を車一台通るわけでもなく……今、あなたが占められている空間の中で、レースのカーテンをお引きになっても結構、よろしければ煙草を吸われても結構、柔らかな椅子にゆったりと腰を下ろされて静かな音楽をかけられても結構、まあ、私の話に耳を傾けていただければと思うところであります。


あれは、そう、もう三十年近くも前のことになるでしょうか。

ある秋の日、私は従妹を訪ねて、小さな田舎の町へと出かけたことがありました。従妹というのは、母の弟の――私より二歳ばかり年下の、四年ほど前、この地の郵便局員と一緒になった——一人娘のことです。

母と、このすぐ下の弟は、仲がよかったせいで、私たちも幼い頃から姉妹のように仲良しで、子供の頃は、よく互いの家へ泊まりに行って過ごしたり、家族ぐるみで旅行に出かけたり、揃いの物を買ってもらったりするなど、とくに叔父は、私たちを分け隔てなく可愛がってくれたものでした。

しかし、叔父の仕事は転勤が多かったので、そんな時がいつまでも続く、というわけにはいきませんでした。

私たちの初めての別れは、従妹が小学二年生、私が小学四年生の時でした。（それから二年後に叔父たちはまたこの地に戻り、二年後にまた去っていきました）

不思議なもので、叔父の家族が戻ってくると母から聞いたとき、私はちょうど六年生になったばかりでしたが、どうやって彼女たちを迎えたらいいのか戸惑ったものです。

それは自分でも驚くほど意外な気持ちでした。

いったい、この二年の間に何が起きてしまったというのでしょうか。あれほど二人で再会を誓い合い、泣き出し、やれ忘れないでの、手紙を書くだの（彼女に手紙を書いた、という記憶はまるでないのです。クリスマスカードぐらいは出したのでしょうが）、彼女はここに残るだの言いだして、大騒ぎしたはずでしたのに。いったいあの騒ぎは何だったのでしょう。あれは、一時的な子供の（自分の、と言った方が正しいのでしょうか）感傷に過ぎなかったのでしょうか。ともかく、私は、事を厄介に覚えたのです。すんなり受け入れられない気分にさせられたのです。

むろん、私の思いとは関係なく、叔父たちは戻ってきたわけですが、（私と従妹は、表面上何事もなく喜び合ったものです）私は、叔父の人の善い顔を横目で眺めながら、――叔父は、私たちが別れる時、ずいぶん私たちに恨まれたものでしたから――再びこの地に転勤が決まった時、私の喜ぶ顔を思い浮かべたのではないかとさえ気を回して、憂鬱な気分になったものです。

別れの時も、再会の時も、彼女は、私と同じ感激を見せたものですが、私には、彼女は私の感情に引っ張られた、影響された所が大きい、という気がしたものです。

それゆえ、彼女の方が、彼女も手紙などくれなかったものの、約束においては私より罪が軽いという気がしました。その証拠に、彼女はその頃のことを、もう何も覚えていないのですから。

そのため、従妹が戻ってきて、嬉しいには違いないのですが、私は叔父たちとの距離をどう保ったらいいのか、子供心に重荷に感じたわけです。

そのうえ、母なぞが、これは都合がいいという具合に、私を、叔父の家族を歓迎する際の前面に引っ張り出したので、私は、なお大げさに喜びを表して、叔父たちを喜ばせるという役を引き受けなくてはいけませんでした。

それからは、私たちは、幼少の頃のようにいつも一緒に遊ぶという仲ではなくなっていましたが、叔父の住まいが離れたということもあって、時々は互いに訪ね合って、というほどの付き合いになりました。

ですから、二年経って、叔父たちがまた去っていった時には、以前のようにひどく悲しいと思ったりもせず、むしろ、どこか責任を果たしたようなほっとした気持ちで、この人たちにはいつも良く思われていたい、という自分の思惑にひびが入らなかったことに安堵したものでした。

叔父はそれを知っていたものでしょうか、気付いていても、姪も成長した証拠、所詮子供とはこんなものだと思っていてくれたのでしょうか。

その後、従妹は、郵便局員と恋愛結婚をして、叔父たちが住んでいる処よりは、私たちが住んでいる街に近い、小さな町へやってきました。

それでまた、私たちは、以前のように行き来するようになったわけですが、彼女はもうすでに母親になっていて、会う度ごとに、やれ夜泣きが止まらないだの、やれ少しも目が離せないだの、静かな喜びを湛えた顔で話すのでした。

この日も私は、彼女の好きな『榧《かや》の木』のキャラメルムースと苺ショートを手に、急行列車に乗り込みました。町までは一時間半ほどかかります。

さて、駅を出ると、正面にはアスファルトの広場があります。私はそこから線路と並行になった道を歩くことになります。広場というのは、中央が、まるでお太鼓のように丸く膨らんでいて、道は無く、どこからでも自由に渡って、どの道にでも向かえといった具合です。

靴の裏に、妙な凸面を覚えながら道へ降りると、駅からはもう三十メートルほども先を歩いていて、振り返ると、緩やかに盛り上がった路面の向こうに、木造の古い駅舎の赤いトタン屋根とステンレスの煙突がちょこんと見えたものです。

進んでいくと、右手に農協の大きな倉庫が見えます。手前は広い原っぱになっていて、向こうに金網の塀が道とほぼ平行に続いています。

左手に五、六軒の古ぼけた木造の民家があり、従妹の話ですと、これが国鉄の官舎だということです。砂鉄を多く含む土地柄のせいでしょうか、地面が砂っぽく、雨の後などにはちかちかと光って眺められたものでした。

歩くうち、舗装された道はすぐに失せ、あとは、小石の混じる踏み固められた道が続きます。金網の塀が次第に接近してきて、ある処、自然交差する辺りで踏切に出会いました。

さらに進むと、右側は広い畑地になります。左手は野原になっていて、盛夏には、イタドリやら、ヨモギ、シロツメクサとか、藜など、見慣れた植物が生い茂り、中に、この辺りではドイツワサビと呼ばれている草が幅を利かせて生えていたりしました。

今はもう茶枯れたその原を踏みつけていくと、幅が二メートル、深さが二メートルほどもある大穴が現れ、穴の縁には、錆びた缶やら、片方だけのサンダル、割れたプラスチックのバケツなどが転がっていました。そこにはいつも、何かしらの日用品が汚らしく転がっているのです。夜中に人が落ちたという話も聞きました。

そこを迂回して進んでいくと、前方に十数軒の家並みが見えてきます。彼女の家はその中にありました。

古い貸家でした。

「少し不便なんだけれど」従妹は言います。

「貯蓄するには好都合だわ」

確かに、キャラメルムースと苺ショートのお返しは、馬鈴薯とか、隠元、トマトとかトウモロコシなど、近所からお裾分けされた（周囲は畑だらけですから）物を持たせてよこすのです。

「ここじゃ、こんな物しかないのよ」

近頃さらに太った腕で、ある時は土が付いたままの大根を真っ二つに折って、葉ごと袋の中にすっぽりと押し込む、といった具合です。

彼女は質素な暮らしをしていました。いったい叔父の家は裕福な暮らしぶりでしたので、そこで育った彼女には、新しく挑戦する、やりがいのある分野だったのかもしれません。

「ここを出て、気に入った処に転勤したら、新しい家を建てるのよ」彼女は口癖のように、そんなことを言ったものです。

この日、訪ねていくと、彼女は浮かない顔で出迎えました。

尋ねると、「何でもないわ」と言った後で、気にするとでも思ったのか、「ちょっと旦那とね」と、つけ加えて言いました。

私と、彼女の息子は仲良しでした。ある時、何も遊ぶものがなかったので、少し工夫して、動くおもちゃを作ると、それがえらく気に入ったとみえ、母親そっちのけで、私にぴったりと、まだ乳臭い身体をくっつけ、座り込み、目を輝かせて、またやるように何度もせがむのです。茶を飲む、母親と話す……その日は私が何をしていても、帰るまで、側を離れようとしませんでした。その日以来、私は彼の信頼を得たようでした。

彼は現在、ある裁判所に勤めておりますが、もちろん、その頃のことは、何も覚えていないでしょう。

さて、その日も帰る頃になって、時計を見ますと、彼女は、それまでも何度か話し出そうとしていたが、思い止まっていた事……、またこれから長い時間、一人胸にしまい込んで我慢しなくてはならなくなる、それには耐えられないといった、暗い表情で、その気分の優れない原因について話し始めました。

彼女の夫は二度目の結婚でした。彼は、この七年前、先妻に病死されていましたが、彼女との間に子供はいませんでした。

二人は友人に紹介され知り合ったのですが、叔父夫婦はこの結婚に反対でした。彼は従妹と年が一回りも違う上、やはり二度目ということがネックでした。

叔父たちは、やはり彼女には幸せになってほしい、失敗を味わわせたくない、なるべく人並の条件の揃ったところから出発させたい（一人娘なので余計に）という思いから、猛反対したのですが（彼らはまだ娘が世間をよく知らないと思っていましたから）、……結局は、彼女に押し切られた形で認めたのでした。

彼女が、話しにくそうに切り出したのは、彼は、いまだに先妻のことを思い切れずにいる、ということでした。

月命日には必ず墓参りに出かけること、彼女の実家を度々訪ねていること（彼らはまだ本当の家族のように親しくしていて、自分はその中に割り込んだ余所者のように思えるというのです）、遺品を整理したがらないこと（彼女の写真や手紙を大事に持っている）、少しは仕方のないことだと思うが、彼女と自分の重さを比べると、どうも彼女の方に軍配が上がる、子供が生まれたら、その気持ちも変わると思っていたが……。

「子供は可愛がるのよ」

「私にはさっぱり愛情を示してくれないのよ」

彼女は気忙しげに、私と息子の顔を交互に眺めながら言いました。

彼女の沈んだ気持ちがこちらにも伝わってきました。何と答えたらいいのかわかりませんでした。溜息が出たものです。

「とても綺麗な人なの、その方」と付け加えて言いました。

それから彼女は、どうしてか探るようにこちらをじっと見ました。何を期待しているのかわかりません。私は黙っていました。

沈黙するうち、彼女の顔に、次第にですが、険が浮かんで……言ってはみたものの、結婚していない私に何かを期待しても始まらない、と思い始めたようでした。

「結婚自体、間違いだったかと思いさえするのよ」と、最後はきつい言い方で言ったものです。

それを、否、というつもりで言ったものです。

「じゃあ、この子はどうなの？」

さて、この間、息子はどうしているかといえば、大きな目で母親の顔を仰ぎ見たなり、微動だにしません。

『あの小さな頭で何を感じているんだか……』喉の奥に、つと笑いが込み上げてきましたが、母親の不機嫌さはわかるのでしょう、私はそれをこらえながら、彼の真面目くさった顔を眺めました。

　彼女はこちらに向き直って言いました。

「それは別問題だわ」

「あら、一緒だわ。皆一緒くたの山よ」

　と私は、彼女のむっちりと肥えた、健康そうな顔に向かって言いました。

「ふうん」不服そうにこう言って――いらつきが高じてきたように――私の方へちらと視線を投げてよこしました。

　この時私は、彼女が、ちゃんと自分の味方になってくれているのかどうか、探っていることにようやく気付きました。（そして、早くも、この問題を持ち出したことを後悔しているらしいのです。しかしながら、彼女は、このような話を私のほか、誰に話せるというのでしょう）

　これには、はっきり言って、嫌な気分にさせられたものです。自分から勝手に話を持ち出しておいて、自分を納得させる答えをあなたは出せるのかしら、そう試されているのも同じことでした。

　最初からそれは半分承知の上じゃなかったのか、それは自分で解決するより仕方がないことじゃないのか、そこまではっきり思わなかったのですが、それに似た思いが湧いてきました。

当時、私は数か月前に母を亡くしたばかりでした。私は、その悲しみから、まだ抜け出せずにいたのです。何も、彼女ばかりが悩みを抱えているわけではない、そう思いました。

彼女も、当然のこと、若い娘らしく、結婚に強い憧れと幻想があったとみえます。これが初めての挫折というのでしょうか。

しかしながら、彼女が今思い悩んでいることなど（今は彼女にとって重大なことであっても）、時を経てみれば思い返すこともなく、日常の暮らしの中で風化していくことに思われました。

後になって、もしこの時の記憶が残っていたとしても、彼女なら、その時何と言うのでしょう。

「えっ？　そんなことあったかしら」と、まあ、そんなところかもしれません。

「最初はそう思ったこともあったわ」こう言うかもしれません。もっと厄介なのは、

「それでもそこから二人で歩き出さなくてはならなかったのよ」

私がこれから励まそうとする言い方を、彼女は覚えていて、もっともらしく彼女の口から聞くことになるやもしれません。

ともあれ、私は差し当たって、彼女を慰めるほかありませんでした。

しかし、実際、どれほど口を出すことができるものでしょうか。

私の何か言い出しそうな顔に、彼女は再び警戒の色を浮かべて、瞳をキラキラ輝かせだしました。彼女は確かに身構えていました。私の呑気な様子も気に入らないようです。他人事だからそんなふうに簡単に、とでも考えているのでしょうか。

こうした場合、彼女が一番必要としているのは、一緒に憤慨し、同情し、相槌を打ってくれる人なのでした。そして——おそらくそれ以上は望んでいないというわけです。彼女もまた、女性らしい場の収め方で、私を味方だと感じたいわけです。

彼女の夫からは（といっても数回会っただけでしたが）、そうした印象は受けませんでした。私は、やはり太って汗かきの、少し髪が後退した、少々翳りのある顔を思い浮かべました。

あの柔和な顔を思い出すと、私には、彼女の方がもう少し譲歩すべきだ、という気がしたものです。

気分を害さないように、二人のために都合が良くなるように、言葉を選びながら言ったものです。

「優しい人だから、自分だけが幸せになって、ね、申し訳なく思っているんじゃないかしら、その方に……」

『その人は亡くなっているんだもの』私は胸の内で呟きました。

彼女が大きく目を見開くのがわかりました。

「そう思ったらいいじゃないの。だから、あなたに距離を置きたくなって、そんな形になるのよ。愛情云々じゃないわ。わかっていても咄嗟《とっさ》に躊躇《ためら》って退いてしまうのよ。誠実な人だという証拠じゃない？」

「そうかしら」と、彼女は小首を傾げながら言ったものです。悪い気はしないようです。心なしか、顔が明るくなったような気がします。

「そうよ。彼はそれで心の裡でバランスを取っているのよ。ね、そう思った方がいいわ」

その時、何故が、毒を食わらば皿まで、という言葉が浮かんできました。使い方が違っていると思ったものの、どこかまあ、これで、もうどうでもいいから持っていけ、といった心持ちがそうした気分にさせたのでしょう。

「あら、もう、こんな時間？」

私は立ち上がって言いました。列車の発車時刻が迫っていたのです。これを逃しては二時間も後がないのです。

私が慌てだしたのを見て、彼女も急いで辺りを見渡しました。私への土産を探しているらしいのです。

縁側の日の当たらない処に、十数個の南瓜が陰干ししてあるのが目に入りました。

御存じでしょうか、南瓜は収穫後、ああした風通しの良い涼しい場所で乾燥させてやるのが、長持ちのコツなのです。

『あれを持って走れ、って？』彼女の視線が一瞬、そこに留まったのに気付いて、思いました。

『冗談じゃないわ』

「間に合わないかも」私は余計慌てた様子を見せて、部屋の隅に置いた自分のバッグを掴むと、小走りに玄関に向かいました。

「じゃあ、失礼するわね」

息子は、楽しそうに躍るような仕草で後を追ってきました。ゆっくりとした動作で彼女も付いてきました。そして、口を片方に曲げ、もう一度縁側に目をやると、躊躇ったように微笑んで見せたものです。

道すがら、私は彼女が南瓜のことを言い出さなかったので、良かったと思いました。が、しばらく進むと、儀礼的にでも口にするのが本当だったのでは、と思えてきました。そして、さらに進むと、何故言わなかったのか、と思い始めました。

『そのつもりで見ていたのでしょう？』

『声を掛けて本当じゃない？』そんな気になったわけです。もちろん、断ったものですが。なにしろ、南瓜は保存状態さえよければ、一月までも十分に持つのですから。

上げるのが惜しくなった――そう思えたものです。確かに、南瓜の一つや二つ、どうでも良いことではありますが、――こんな所でけちって……と正直面白くありませんでした。というのも、彼女はつまり、自分が特に大切に思っている人の中から、私を除いて考えている、その時、そんな匂いを嗅いだからです。私の方はそうは思っていませんでしたから。

倉庫の辺りまで来ると、列車が駅へ向かっていくのに出会いました。これではもうどうにもなりません。私は諦めて、とうとう歩き出しました。

昼を回ってそれほど経ってはいないというのに、日暮れが間近に迫って感じられます。うら寂しげな、湿った風も吹いてきました。

駅に着くと、早速、次の列車を探しました。

次の列車はやはり二時間後にしかありませんでした。

家に着く頃には、とっぷりと日が暮れてしまいます。ここで待つのも困る、といって彼女の処に戻って待つのも小癪《こしやく》に障る――いうわけで、バスを利用することも考えました。しかしバスの停留所は、十五分も離れた国道にあり、それさえいいのがあるとは限りません。

利用したことはありませんが、駒ケ岳を迂回する列車が一本ありました。それも二十分後に来るというのです。

到着時刻を考えると、小一時間ほど無駄になりますが、どうにもそれを利用するより仕方がないようです。駅で二時間も手持ち無沙汰で待つよりは、ゴトゴト揺られている方がまだましというものです。

特急列車が駆け抜けていって、まもなく列車はやってきました。あの頃、私たちは、普通列車を鈍行と呼んだものです。

列車は二両編成ながら、どちらもガラガラに空いていました。当時、座席は木製で、対面式に並んでいて、そこには、光沢のある青い布が張られていました。

待たされることに焦れていたのでしょうか、最後尾の乗降口から乗ったものの、足は自然に、先へ先へとせかせか歩いて、前の車両へ進んでいきました。

入ると、一番先頭の、これは片面だけの座席でしたが、若い娘が二人、こちらを向いて座っているのに気付きました。

気付いたとは言いましたが、左の通路側に座っていた娘は、もうとっくに私の姿を認めていて、どこか愉快そうに大きな目を動かし、じっとこちらを見ていたわけです。

何か不思議な思いに囚われながら——とりあえず、手近な席に座ったものです。

顔を上げると、娘はまだこちらを見ています。

私たちの間には十ほども席があったでしょうか。中に五、六人の人の姿が見られます。

彼女は、その一人一人を眺めるでもなく、こちらへまっすぐ視線を送ってきました。

『知っている人にでも似ていると思ったのだろうか』

娘は十七、八歳くらい、縮れ毛の長い髪に、白いベレー帽を小粋に被り、アラン模様の白いセーター、チェックの丈長のフレアスカート、それと揃いのマフラー、茶のブーツと、まるでファッション誌から抜け出してきたような、お洒落な、目の大きな可愛い娘でした。

一方隣の娘は、やはり同じくらいの年格好で（座る前にちらと見ただけでしたが）、週刊誌を顔の辺りまで持ち上げて読み耽っていました。その半分だけ覗いた頭には、一か所、緑色の髪飾りが結ばれているのが見えました。

実を言うと、私は先の娘に見られていることに驚きはしましたが、別段嫌な気分はしませんでした。

というのも、彼女の眼差しは、自分をひけらかしたり、人を軽んずるといったものではなく、子供のような純真でまっすぐな、親しさを込めたものだったからです。

とはいえ、内心不思議に思いました。珍しい思いなのです。何故、あの娘はああして私を眺めているのだろうか、と。（あの娘なら人に見られるということはよくあるでしょうが）

列車が動き出すと、彼女の眼はいったん窓の方へ移りました。

私は傍らに単行本を置くと、今日一日の雑用からすっかり解放された思いで、思い切り手足を伸ばしたものです。

窓の外に畑地が見え、次第に広がってくると、列車は小さな橋を渡りました。国道の上を車が走っていくのが見えます。信号が鳴って、白い軽トラックが一台待っているのが見えたりします。林檎や葡萄やらの果樹園も通り抜けますが、今はもう枯れ木のように枝ばかりになっています。

ぽつぽつと家が見えだしたと思うと、間もなく列車は一つ目の駅に着きました。停車場は左に移って、窓の奥に、恐ろしく古い黒い建物が見えます。付近に建物はありませんから、たぶん、あれが駅舎なのでしょう。

私が向きを変えたのを知って、あのベレー帽の娘は、再び私の方を眺めだしました。『何故だろう?』私は少々面映ゆい思いで、彼女とは目をあわせないようにして、窓の方へ視線をずらしました。

そうはしていても、彼女の好奇心が伝わってきます。どういう訳でか、大きな目で、何かを探るようにじっと眺めているのです。親しげなのは相変わらずでした。

列車が動きだして、いつか、ガタゴトというこの振動も耳慣れたものになりました。

緩んだ気分がしてきたものです。

『あの、以前、どこかでお会いしましたか?』私はその娘の側に行って、そう訊いてみようかと思いました。もちろん、そうするつもりはありません。想像してそう訊いてみようと思っただけです。

後になって思うと、この問いは、満更、的外れでもなかったという気がします。私が問いかけたそうに顔を上げますと、彼女は相変わらずの様子で、こちらを眺めるばかりです。

しかし、とうとう窓の方へと目を移しました。

辺りは灌木やら笹原が続きます。

駅も三つ、四つと通過すると、すっかり旅の人間になってきます。少しの倦怠、眠気、車両の響き、――そして窓の外には、どこでも見られる風景が繰り返し続いています。

列車はある時は遠心力に引かれるように、大きなカーブを描きます。

私は腰を浮かせて、窓側の席へ移りました。

晩秋の侘びしい佇まいの中、間近に過ぎていくものは、一様に湿っぽく、冷涼な感じがしたものです。

いつか私は従妹のことを考えていました。あの陽気で大胆、そして頗《すこぶ》る健康そうな彼女にも悩み事があるのか、と。(それはこの世の中、誰一人、例外のないことは当然のこと

であります)
振り返ってみますと、彼女はいつも誰かから愛されている(おそらく彼女は気付いていないでしょうが)、彼女の周りには、いつもそうした人たちが途切れなく現れて、次から次へとリレーのように繋がっていくように思われました。

いったい彼女は自分に自信が持てないとか、自分自身で困難を乗り切ったとか、そんなことを感じたりしたことがあったでしょうか。

少なくとも彼女は、真っ直ぐ向き合って自分を見つめる、ということは、苦手のように思われました。

しかし、彼女のように、このまま愛情運に守られ続けられるなら、なにも余計に新しい悩みを抱え込む必要はない、と考えたものです。

草叢《くさむら》の中から、雄の雉が一羽、驚いて飛び立つのが見えました。私は、虹色の、長い尾を引いて飛び去った方角に、ぼんやりと目を向けました。

私は前方の山を眺めます。

『……ところで、あの娘は何故こちらを見ていたのだろう……』私の目は、長い間、山の上に掛かって過ぎる大きな雲の一団を追いかけていました。

やがて、列車はトンネルに差し掛かりました。長いのと短いの、そしてまた短いの――そこを抜け出すと、辺りは見事な落葉松の林でした。

この時節、葉はほとんど落ちて、尖った針のような枝々が、頭上の辺りで、無数に互いに触れ合わんばかりになって交差しています。

人工林なのでしょうか。落葉松は乾燥や痩せた地に強い、と聞いたことがあります。自然林にしては生半可な広さではありません。ただ驚いて見とれるばかりでした。

進むにつれて、林はさらに奥行きを増し、希ながら混じっていた常緑樹も失せ、それ一種となって延々と広がりだしました。

私たちの列車は、その林の帯の中を縫うように走ったものです。暗褐色の鱗状の幹、重なり合う小枝――その美しさといったら見事というほかありませんでした。仰いでいると、異質な世界にでも紛れ込んだようでした。

白秋の『落葉松』の詩が思い浮かびます。

……からまつの林を過ぎて、からまつをしみじみと見き。からまつはさびしかりけり……うろ覚えの一節を口ずさんでいると、白秋の辿った人生の悲哀が、胸に重なって迫ってきたものです。

春の芽吹きや、秋の黄葉《こうよう》を迎える頃には、この一帯、またどのような美しい風景が広がっているのでしょうか。その頃を見計らって、再びこの地を訪れるのもいいものだと思いました。

この間にも、この景色もそろそろ終わりになるのでは、と思ったものです。そうではありませんか。これは人が拵えた人工の林、駅から駅までの景色に違いありませんから。それを考えると、ここを去るのがちょっと惜しい気がしてきたものです。私は、進む方に、幾度も目を遣りながら、まだ続いていることに安堵したものです。

やがて、いかほど進んだのでしょう、ついに林は、いともすんなりと沢を降り、背後の丘へと退いていき、替わってエゾマツやトドマツ、ダケカンバの高木、コナラやクヌギといった雑木林が現れてきました。

まもなく目の前に、切り開かれた枯れ野が出現すると、それもなだらかな牧草地へと変わっていきました。

日が傾いて、線路沿いの白い芒《すすき》の原を銀色に光らせます。風の一本道のようなこの殺風景な山の中では、日暮れがいっそう早くなるように思われました。

ついに列車は速度を緩め、野原の真ん中にある、何番目かの駅に着きました。

左手に小さな駅舎があります。後方に駒ケ岳の山容が見えます。

おかしなことに私は、ここにきて、本のページの一行も読んでいなかったことに気付きました。

前方から、若い娘の華やいだ笑い声がします。あの娘たちです。

二人は立ち上がって、窓の方へ屈むと、互いに顔を寄せ合って大声で話しているのです。

どうやら二人は、窓を開け、外にいる人間と話しているようなのです。

もう一人の娘（その娘ははやくもベレーの帽子の娘の陰へ回りました）、――その時、初めてよく見る機会を得たのですが――お河童頭の、ほっぺたの赤い角張った顔の娘でした。

紺色のスカート、広い丸襟の袖口の緩んだ、ローズピンクのセーターを着ていました。あの帽子の娘に比べると、体型といい、服の好みといい、地味な感じがしました。

二人はきっと幼友だちで、都会へでも出掛けた帰りなのでしょう、網棚には有名な菓子舗の紙袋がくっついて並んでいました。

向かいに男の客が来て座りました。足を組むといきなり煙草を吸いだしたものです。煙がこちらへ流れてきます。

私は、立ち上がって六つ、七つ前に進んだ処に席を移しました。

駅までは十メートルもあったでしょうか、駅舎に並んで、クレオソート油（防腐剤）でも塗った、高さ一メートルほどの木柵が見えます。

娘たちと同じ年頃の男の子が三人、柵の上から凭れ掛かるように身を乗り出して、何やら叫んでいます。おそらく彼らは気付いていなかったでしょうが、柵の下には、真っ赤なサルビアと黄色のマリーゴールドが、夕日を受けて鮮やかに輝いていました。

「えーっ、ジュンのこと知ってるのーっ？」帽子の娘の言うのが聞こえました。

「何でーぇ？」彼女は声を張り上げました。

その返事がよく聞こえなかったのでしょう。「何だって？」声を低めて後ろの娘に訊ねました。

後ろの娘は、クックッと笑って何やら答えます。

「この頃会ったぁー？　えーっ？　ぜんぜん聞こえなーい」

今度は向こうから三人が、てんでに大声で答えたので、誰も、何を言ったのかわかりませんでした。

「ゼーンゼーン。もっと大きな声で言ってよーォ」

後ろの娘は、やあ、と言って笑いだし、帽子の娘の腕を引っ張りました。その様子は、帽子の娘の方にもっといろいろ話し掛けて、とせかしているようでもありました。

話すのは、もっぱら、帽子の娘の方です。

もう一方の娘は赤い頬をいっそう紅潮させ、目を輝かせながら、話が交わされるたび、含羞《はにか》みを浮かべた顔で、けらけら笑うばかりでした。

「待ってよ、今……」

帽子の娘が身を翻すと、一方の娘もすぐに察して後を追いました。二人はドタバタと足音を立てて、乗降口へ向かっていきました。

「何だよォー」ずいぶんと間延びした男の声が、誰もいなくなった窓から聞こえました。

「何だってー?」

……乗降口の方から、娘たちの話し声と明るい笑い声が聞こえてきます。

窓越しに、三人の若者の方へ目をやりました。

おそらく、この浜の少年たちでしょう。赤銅色に日焼けした顔を三つ夕日に当てて、喚くように叫んでは笑いこけています。

彼らの背後には、グレーのひどく旧式のセダンが一台止まっていました。

と、彼らは、列車の出る合図に気付いたのでしょう。

突然、向きを変えると、大慌てで走りだし、次々とその車に乗り込みました。それから窓を全開にし、まだこちらに向かって何か叫んでいます。（当時自家用車のある家などまだ少なかったものです）

列車はガクンと揺れると、ゆっくりと動き始めました。彼らはまだ何か叫んでいます。

先程真ん中にいた、体格のよい少年が運転席に座っています。慌ててエンジンを掛けたらしく、青い煙が周辺にぼっと舞い上がりました。

むきになって、二つ、三つ、と三つまで吹かすと、ほかの二人が、げらげらと笑い転げるのが見えました。

娘たちが戻ってきます。

ピンクのセーターの娘の方が、盛んに話しかけています。上気した顔がいっそう若さを感じさせました。

「次の駅で待ってるってぇ」

「何処かに行こうだって、行く？」彼女は返事をせかせます。

「行くって、何処にだろう？」

けれども、帽子の娘は急に話をしなくなりました。あれほど燥《はしゃ》いでいたのに。

彼女はドスンと勢いをつけて席に着くと、先程ピンクのセーターの娘が読んでいた週刊誌を引き寄せ、開いていたページから、そのまま構わず読み始めました。

「ねえ」もう一人の娘はそれでも時々話しかけました。

うん、とか、そう、とか、帽子の娘からは短い返事があるばかりです。
五、六分もすると、窓際に座ったピンクのセーターの娘が、突然けらけらと笑い出しました。そして帽子の娘の腕をつつきました。
「本当に追いかけてきてるぅ」

彼女は立ち上がって、窓の方へ身体を屈め、両方の掌をガラスに押し付けました。それから窓の外に向かって大きく手を振りました。それでも帽子の娘は顔を上げようともしません。

グレーのセダンが、列車に平行するように走っていました。

中に、必死の形相で運転する少年と、後ろの窓から身を乗り出した少年が一人、上着を大きく振り回しながら何か叫んでいるのが見えました。

彼女はそれを見つけて笑い出したのです。が、車はじきに後退りを始め、窓の縁から窓の縁、と、みるみる後退していきました。

ピンクのセーターの娘は、何も言わずに、窓にぴったり身体を寄せて、暮れ始めた景色の中に遠ざかっていく車を眺めていました。

それも見えなくなって……彼女はつまらなさそうに振り向くと、隣の娘にこう尋ねました。

「ねえ、どっちが速いの、列車と車」

帽子の娘は、顔を上げずに、面倒臭そうに何か答えたようでした。

セーターの娘は名残惜しそうに、席に座りました。そして、それからも、ぼんやりと外を眺めているようなのです。

……そうした時間が長く続きました。

帽子の娘は、列車の振動にも構わず、熱心に週刊誌を読み耽っています。

その様子を眺めながら、私は、初めに出会った時の彼女の表情やら、態度を思い出して、何故この娘が私に興味を持ったのかを考えていました。

そして、ある時、こういうことかも、と思ったものです。

もしかすると、彼女は、自分と私の中に、何となく似たものを見つけた、そういうことだったのかもしれません。

彼女の若い鋭敏な感性がそれを感じとった、そしてその不思議さから、見ていたのかもしれないと。

彼女を眺めながら、ちょっと想像を働かせてみたものです。もし仮にそうだとすれば……『いったい何が似ていると思ったのだろう』――例えば、お互い他人同士であるはずなのに、顔の特徴や雰囲気が似ているということがあります。そしてそれは性質的にもその特徴は現れてくる、ということがよくあるものです。

無聊に任せて、私はちょっと、彼女が育った環境について思い巡らしてみたものです。

彼女は家族からの愛情が薄い、――何らかの形でその影響がある……そんな気がしたものです。そしてそれは、たぶんに、父親に主な原因があるのだろうと。父親があまり家庭を顧みない、病気がち……酒が過ぎる……もしくはいない……。

根は優しい娘なのでしょうが、少々強情を張る、これは、人を当てにせずに生きてこなくてはならなかった、やむを得ない結果ということでしょう。懐疑的で他人を信用しない、そうした癖は、しばしば、ものぐさで飽き易く、投げやりな態度を生んだりするものです。

彼女の様子にはそう感じさせるところがありました。

しかしながら、彼女はいったん信用がおけると思った人には、案外、人懐っこく無防備なのかもしれません。こちらに向けたあの目がそう言っているようでした。

さて、それのどこが私と共通しているというのでしょう。私は首を傾げました。まるでわかりません。もっと本質的な部分でなのだろうか、そうも考えました。彼女はいったい、私の中に何を見ていたのでしょう。

一方、もう一人の娘は、彼女とはとても対照的に見えました。

彼女は先の娘のように、鋭敏ではありません。けれども、素直で辛抱強く、ほかを易々と受け入れて順応でき、痛手を痛手とは思わない太さが感じられて――私は、彼女の方がはるかに安泰に人生を過ごせるという気がしました。さらにあの体型です。丈夫な子をたくさん産めるに違いありません。

親が勧める結婚をし、丈夫な子を産み、彼女の身体には、堅実な愛情豊かな家庭で育まれた正確で揺るぎない『なあに、人生、悪い時もあれば良い時もある、ケセラセラ、さ』といった生活のリズムがしっかりと刻み込まれている……私にはそう思えたものです。そう考えると、彼女の方があの帽子の娘より、ずっと悔いのない楽しい人生を送れるような気がしたものです。

さて列車は、次の駅へと近づいてきました。

ピンクのセーターの娘は、落ち着かなさそうに、再びそわそわし出しました。そして、何度も窓の方へ視線を投げかけるのです。

自然おかしさが込み上げてくるような、今にも笑い出しそうな顔で、さかんに隣の娘に話しかけました。「ねえ、先回りして待っていると思う?」そんなところでしょうか。

帽子の娘は――本を読むのに熱中していて(というように見えました)、返す言葉も空返事です。

先の娘は、とうとう諦めたように、一人だけで窓の方へ顔を向けました。そして、それからはそのままずっと、外を眺めているのでしょう。

列車は、ゆっくりとホームに滑り込みました。

帽子の娘は、その間も、一度も本から顔を上げませんでした。外を見ようともしませんでした。

意識的とも思えるほどです。その顔には、まるで酸いも甘いも嚙み分けた人間のように、あの少年たちを端から信用していない、どうせ向こうは遊び半分でいるということを十分呑み込んでいる、そんな捌《さば》けた表情が浮かんでいるのです。どんな経験が、彼女にそう思わせていたのでしょう。

私は黙って彼女を見つめていたものです。

……列車は、思いのほか早く発車しました。客の顔ぶれも相変わらずです。誰も乗らず、誰も降りず——そんな小さな小さな駅でした。

もちろんあのグレーの車は見えません。

列車がガクンと揺れ、最初の引きがかかると、——皆は一斉に押された具合に、同じ方向へ傾きました。

皆の注意がその方へ向けられた、その時でした。帽子の娘は顔を上げると、一瞬、あっという間の素早さで（隣の娘に気取られないよう）、窓の外へ視線を（そう、言ってみれば、彼女のこれまでの経験、社会で生活していく上でのコツを、彼女は会得できずにいる……自分の見方や感じ方にどこか見誤ったところがありはしないか、欠けているところがありはしないか……そのほんのちょっとした何かに気付きさえすれば、自分だって運が向いてもっといい思いができるはず）、……小鳥のような繊細さで、あたかも自分の運を試そうとするかのように投げかけたのを（私にはそう思えたのです）、私は黙って眺めていました。

何かの折に、ふと、あの時の光景が、美しい一枚の絵のように、鮮やかに脳裏に浮かんできます。

落葉松の夥《おびただ》しい枝々の重なり、延々と広がる美しい林の連なり、銀色に光って揺れる芒の穂波、晩秋の鄙びた小さな駅、そしてあの二人の若い娘たち……。

あの二人も、今ではもうすっかり中年の域に達しているでしょうが……。

（平成十六年）

【著者紹介】

森島　令（もりしま　れい）

1947年 函館生まれ

風《かぜ》の寝屋《ねや》

2020年11月28日　第1刷発行

著　者 — 森島《もりしま》　令《れい》

発行者 — 佐藤　聡

発行所 — 株式会社 郁朋社《いくほうしや》

〒101-0061　東京都千代田区神田三崎町2-20-4

電　話　03（3234）8923（代表）

FAX　03（3234）3948

振　替　00160-5-100328

印刷·製本 — 日本ハイコム株式会社

落丁、乱丁本はお取り替え致します。

郁朋社ホームページアドレス　http://www.ikuhousha.com

この本に関するご意見・ご感想をメールでお寄せいただく際は、
comment@ikuhousha.com　までお願い致します。

 ISBN978-4-87302-726-5 C0093